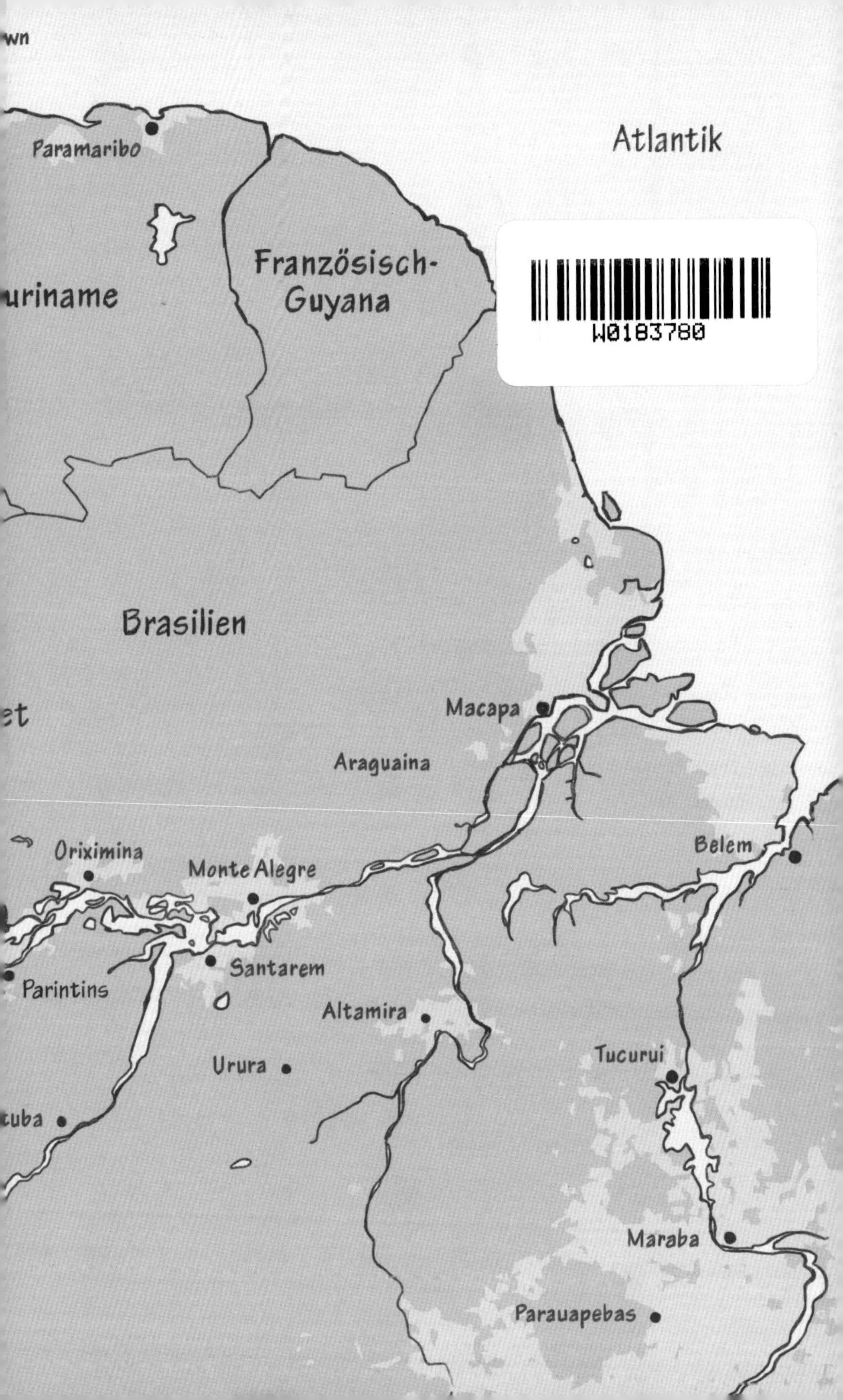
wn
Paramaribo
Atlantik
Französisch-Guyana
uriname
Brasilien
et
Macapa
Araguaina
Oriximina
Monte Alegre
Belem
Santarem
Parintins
Altamira
Urura
Tucurui
uba
Maraba
Parauapebas
W0183780

KJB

Bevor Andreas Schlüter, geboren 1958, mit dem Schreiben von Kinder- und Jugendbüchern begann, leitete er Kinder- und Jugendgruppen und arbeitete als Journalist und Redakteur. 1994 feierte er mit dem Kinderroman »Level 4 – Die Stadt der Kinder« einen fulminanten Erfolg und ist seitdem als Autor tätig. Andreas Schlüter verfasst zudem Drehbücher, unter anderem für den »Tatort«. Schon als Junge liebte er Abenteuerromane, in denen man die wildesten Sachen erleben kann, ohne nasse Füße oder Kratzer zu bekommen.

Stefani Kampmann, geboren 1971, zeichnete schon als Kind gerne und überall. Während ihres Studiums der Innenarchitektur nahm sie zahlreiche Aufträge als Illustratorin an und verfolgte diesen Weg danach weiter. Sie bebilderte viele Kinder- und Jugendbücher und veröffentlichte zwei Graphic Novels. Außerdem gibt sie Comic-Workshops für Jugendliche. In ferne Länder ist sie schon einige Male gereist, zum Glück musste sie dort aber (fast) nie ums Überleben kämpfen.

Weitere Informationen zum Kinder- und Jugendbuchprogramm der S. Fischer Verlage finden sich auf *www.fischerverlage.de*

Andreas Schlüter

SURVIVAL

IM AUGE DES ALLIGATORS

Band 3

Mit Vignetten von
Stefani Kampmann

KJB

Alle Bände der ›Survival‹-Serie bei FISCHER KJB:

Band 1: Survival – Verloren am Amazonas
Band 2: Survival – Der Schatten des Jaguars
Band 3: Survival – Im Auge des Alligators
Band 4: Survival – Unter Piranhas

Weitere Bände sind in Vorbereitung!

MIX
Papier aus verantwortungsvollen Quellen
FSC® C014496

Erschienen bei FISCHER KJB

Hedderichstr. 114, D-60596 Frankfurt am Main
Umschlaggestaltung: Atelier Seidel, Verlagsgrafik
Satz: Dörlemann Satz, Lemförde
Druck und Bindung: GGP Media GmbH, Pößneck
Printed in Germany
ISBN 978-3-7373-4132-5

Was bisher geschah

Der dreizehn Jahre alte Mike fliegt mit seiner jüngeren Schwester Elly nach Manaus, Brasilien. In der Großstadt am Rande des Amazonas-Regenwalds wird die Familie die nächsten Jahre leben. Mike und Elly lernen die Söhne eines Freundes ihres Vaters kennen. Matheus (14), genannt Matti, und Gabriel (11) sind in Manaus aufgewachsen und sprechen fließend Deutsch und Portugiesisch. Gemeinsam machen die vier Kinder einen Rundflug über den Dschungel – ein Geschenk der Eltern. Aber dann der Schock: Der Pilot erleidet plötzlich einen Herzinfarkt und stirbt. Matti versucht verzweifelt, das Flugzeug zu steuern, dennoch stürzen sie ab.

Alle Kinder landen leicht verletzt, aber bewusstlos am Boden. Als sie aufwachen, finden sie sich mitten im Regenwald wieder. Sie haben nicht die geringste Ahnung, wo sie sind, und haben kaum Ausrüstung dabei – außer Mikes Überlebensgürtel und seinem Survival-

Buch. Beides hatte er mitgenommen, um »Abenteuer« zu spielen. Jetzt könnte es ihnen das Leben retten.

Die vier Kinder müssen sich durch den Dschungel schlagen, in der Hoffnung, irgendwo auf Menschen zu treffen.

Nach einigen Tagen begegnen ihnen tatsächlich zwei Männer. Doch es sind Arbeiter der Mafia, die illegal große Teile des Regenwalds abholzen. Die Banditen sperren die Kinder in ihrer Siedlung ein. Durch eine riskante Aktion können die vier aber fliehen. Nun sind sie wieder allein im Dschungel. Plötzlich bekommt Elly Fieber und wird krank. Die Kinder hören Stimmen. Werden sie gerade rechtzeitig gerettet? Indianer haben die vier gefunden und nehmen sie auf.

Während Elly von dem Schamanen gepflegt wird, lernen Mike, Matti und Gabriel den indigenen Jungen Davi und dessen Freunde kennen. Von ihnen lernen sie, mit Blasrohren Affen und Faultiere zu jagen und die Tiere zuzubereiten.

Nachdem Elly wieder gesund ist, bleiben die vier Kinder weiter bei den Indianern, denn sie sind zu guten Freunden geworden. Bei dem Stamm erfahren die vier viel über zahlreiche Pflanzen, die man essen oder medizinisch verwenden kann. Die Kinder trainieren, sich im Dschungel unsichtbar zu machen und feiern mit den Indianern ein Fest.

Doch dann wird das Dorf von den Drogenhändlern

angegriffen. Viele Indianer werden erschossen, ihr Dorf niedergebrannt. Elly rettet einen der Indianer, indem sie einen der Gangster erschießt. Danach fliehen die Kinder mit den Überlebenden des Massakers in den dichten Regenwald. Schließlich finden sie einen neuen Ort, an dem sich der Stamm niederlassen kann, in der Nähe eines Flusses. Mike, Elly, Matti und Gabriel atmen auf. Denn »Wasser führt dich zu Menschen!« lautet eine alte Überlebensweisheit. Die Kehrseite: Nun wissen die Kinder, dass die Zeit des Abschieds naht. Irgendwann werden sie die Indianer zurücklassen und auf eigene Faust weiterziehen müssen.

Zuvor will Elly noch ein Bad im Fluss nehmen. Doch sie wird von einem Kaiman angegriffen und schwimmt um ihr Leben! In letzter Sekunde schafft sie es, dem Raubtier zu entkommen.

Schließlich ist der Zeitpunkt des Abschieds gekommen. Doch in welche Richtung sollen die Kinder gehen? Zusammen mit den Indianern kommen sie auf die Idee, im Lager der Banditen nach Landkarten der Gegend zu suchen. Als sie sich anschleichen, sehen sie plötzlich, dass ein Lkw unbeaufsichtigt dasteht – eine einmalige Gelegenheit! Die vier Kinder stehlen den Lastwagen und brausen mit ihm davon. Sie sind gerettet. Glauben sie. Bis Matti vom Weg abkommt und mit dem Lkw gegen einen Baum fährt. Die Kinder sitzen fest.

Unfall

Matti gab weiter Vollgas. Weit konnte es nach Mikes Auffassung nicht mehr sein, bis sie auf Menschen treffen würden. Die Frage lautete nur nach wie vor, auf wen sie in Kürze stoßen würden: Gangster oder friedliche Bauarbeiter?

»Wir müssen erst mal aus dem Dickicht hier heraus«, sagte Matti. »Bestimmt mündet diese Schneise in einer breiteren Straße, die dann zu irgendeiner Baustelle führt.«

»Hoffentlich!«, stimmte Mike ihm zu. Allen vieren war klar, dass die Gangster ihre illegalen Lager möglichst geheim halten wollten und sie sie deshalb in nur schwer zugänglichen Gebieten aufgeschlagen hatten. Aber im brasilianischen Regenwald genügte es, gerade mal eine halbe Stunde Fahrt oder weniger von den offiziellen Routen abzuweichen, um vollkommen unentdeckt bleiben zu können.

»Seht ihr?« Matti zeigte nach vorn. »Der Weg wird

schmaler und undurchdringlicher. Bestimmt, um die Abzweigung von der offiziellen Route zu tarnen.«

»Oder wir haben uns verfahren und stecken gleich fest«, unkte Elly.

Matti schaute sie mit einem Seitenblick an. »Verfahren? Wie das denn? Du hast doch gesehen, dass ich die ganze Zeit einfach nur der einzigen Schneise gefolgt bin, die es hier gibt. Fast wie ein Zug auf Schienen, da kann man sich gar nicht verfahren!«

Auch Mike hielt es für ausgeschlossen, hier falsch zu fahren.

»Willst du uns etwa Angst machen?«, raunzte er seine Schwester an.

Elly schüttelte energisch den Kopf. »Überhaupt nicht. Aber irgendwie habe ich so ein komisches Gefühl.«

»Gefühl?«, wiederholte Mike. »Was denn für ein komisches Gefühl?«

»Wie eine Vorahnung!«, gestand Elly. »Ich weiß auch nicht.«

»Ach Mensch, Elly!«, meckerte Mike. »Hast du wieder Fieberphantasien oder was?«

»Oder bist du unter die Schamanen gegangen und siehst die Zukunft voraus?«, scherzte Matti.

»ACHTUNG!«, schrie Gabriel.

Im selben Moment sah auch Matti die kleine Horde Affen, die den schmalen Weg im Dickicht kreuzte.

Matti trat mit ganzer Kraft auf die Bremse. Die Räder blockierten. Der uralte Lkw kam ins Schlingern, rutschte über den morastigen Boden der beginnenden Regenzeit, ließ jeden Steuerungsversuch ins Leere laufen, brach zur linken Seite aus und …

»FESTHALTEN!«, brüllte Matti.

… krachte in die Büsche und blieb dort stecken.

Für einen kurzen Moment erinnerte Mike dieser Crash an ihren Flugzeugabsturz, wobei der natürlich erheblich heftiger und gefährlicher gewesen war. Da sich niemand angeschnallt hatte, weil es auch gar keine Gurte gab, war dieser Unfall dennoch keineswegs ungefährlich gewesen. Mike hatte sich mit aller Kraft gegen das Armaturenbrett stützen müssen, um nicht gegen die Windschutzscheibe zu knallen. Auch die anderen hatten sich gut festgehalten. Glücklicherweise war ihr Aufprall durch die Büsche sehr gut abgefedert worden. Wären sie statt in die Büsche gegen eine Wand oder auch nur einen der vielen mächtigen Baumstämme gefahren, wäre die ganze Sache vermutlich nicht so glimpflich ausgegangen.

»Alles okay?«, fragte Matti.

»Ja!«, antwortete Gabriel. Seine Kopfwunde, die er sich beim Flugzeugabsturz zugezogen hatte, war inzwischen recht gut verheilt. Dennoch war Gabriel immer noch äußerst vorsichtig, um weitere Prellungen am Kopf zu vermeiden. Die Freunde hatten keine Ahnung, wie lange der Absturz eigentlich schon her war. Ihre Handys hatten die Gangster ihnen abgenommen, als sie kurzzeitig gefangen gehalten worden waren. Ohnehin wären die Akkus längst leer gewesen. Und irgendwann, als sie bei den Indianern gelebt hatten, hatten sie aufgehört, die Tage zu zählen. Unwillkürlich fasste Gabriel sich an den Kopf, obwohl er nirgends gegengestoßen war.

»Mann!«, beschwerte er sich. »Wie fährst du denn?«

»Was sollte ich denn machen?«, verteidigte sich Matti. »Etwa die Affenfamilie überfahren?«

»Du hättest langsamer fahren können«, pflichtete Elly Gabriel bei.

Doch Matti wehrte ab: »Mensch, Leute, wir sind auf der Flucht. Ist doch klar, dass ich da Gas gebe.«

Mike schaute misstrauisch aus dem offenen Fenster der Beifahrerseite.

»Hoffentlich ist nichts kaputtgegangen, und wir kriegen den Laster wieder in Gang.«

Matti startete den Motor, der beim Aufprall abgesoffen war. Er brauchte drei bange Versuche, doch dann röhrte der Motor wieder durch den Dschungel.

»Gott sei Dank!«, atmete er auf. Er legte den Rückwärtsgang ein, um aus den Büschen herauszumanövrieren, doch der Wagen rührte sich nicht. Matti gab noch mehr Gas.

»Das klingt nicht gut!«, stellte Mike fest und schaute

aus seinem Fenster nach hinten. Ihm schien, die Räder drehten durch. Sehen konnte er die hinteren Räder allerdings nicht. Dafür aber das vordere rechte.

»Verdammt!«, fluchte er. »Der Reifen ist platt!«

»Das ist nicht dein Ernst«, stöhnte Matti, der das nicht wahrhaben wollte. »Bitte nicht!«

Er wollte aussteigen, um selbst nachzusehen. Doch die Fahrertür öffnete sich nur einen kleinen Spalt, bis sie gegen etwas stieß und blockierte.

»Verflucht!«, schimpfte er. »Genau hier neben uns steht ein Baum. Ich komme nicht raus!«

»Da haben wir aber Glück gehabt, dass wir an dem Baum vorbeigeschrammt und nicht dagegengeknallt sind!«, bemerkte Elly.

»Stimmt!«, sagte Mike und öffnete die Tür auf seiner Seite. »Hier ist aber alles frei.«

Er kletterte aus dem Wagen, sprang vom Trittbrett und – sackte bis zum Knie in matschigen Morast ein.

»O nein!«, rief er. »Wir sind in einem Moor gelandet oder so.«

»Moor?«, wiederholte Gabriel. »Das ist der Beginn der Regenzeit. Mehr nicht.«

»Mehr nicht?«, nahm nun Mike den Faden von Gabriel wieder auf. »Sieh dir das an!« Er zeigte auf den hinteren Teil des Lkws, der fast bis zur Ladefläche im Schlamm steckte. Es hatte also gar nicht an seinem Blickwinkel gelegen, dass er eben das Hinterrad nicht hatte sehen können, sondern das Hinterrad war gänzlich im Schlick verschwunden. »Wir stecken fest. Aber endgültig!«

Die anderen drei kletterten auf der Beifahrerseite aus dem Wagen, aber vorsichtiger als Mike, weil sie nicht wie er im Morast versinken wollten.

Mike zog mit schmatzenden Geräuschen seine Füße aus dem Schlick, hangelte sich an dem Lkw entlang, bis er hinter dem Wagen ankam, wo der Boden noch fester war. Der Übergang von Schlick zu der solideren »Straße« lag nur einen Meter hinter dem Lkw.

»Mit einem Traktor oder so wäre es kein Problem, den Wagen aus dem Dreck zu ziehen!«, stellte Gabriel fachmännisch fest.

»Das hast du ja toll erkannt«, blaffte Elly ihn an. »Und woher bekommen wir mal eben einen Traktor?«

»Ich meinte ja bloß!«, verteidigte sich Gabriel.

Inzwischen hatten sich alle vier hinter dem Lkw versammelt.

»Verdammter Mist!«, ärgerte sich Matti. Vermutlich hat Elly recht, dachte er bei sich. Er hätte langsamer in dem unbekannten Gelände fahren sollen. Dann hätten sie aus dem Dschungel entkommen können und wären vermutlich bald zu Hause gewesen. Nun aber saßen sie fest.

»Es hat keinen Sinn«, stellte er sachlich fest. »Mit dem Lkw kommen wir nicht weiter.«

»Also zu Fuß?«, fragte Gabriel.

»Wie sonst?«, antwortete Mike ihm. »Vielleicht ist es ja nicht mehr so weit bis zur nächsten Siedlung. Vielleicht sogar nur einen halben Tag Fußmarsch oder so.«

»Ja«, sagte Elly. »Vielleicht. Vielleicht aber auch nicht.«

»Und wenn die Gangster uns doch noch mit ihren Lkws verfolgen?«, warf Gabriel ein. »Dann haben sie uns bald eingeholt, wenn wir die Strecke zu Fuß latschen.«

»Ich denke, wir sollten versuchen, parallel zu der Schneise durch den Dschungel zu gehen. Wir dürfen dabei natürlich nicht den Weg aus den Augen verlieren.«

»Ja. Gute Idee!«, stimmte Matti ihr zu. »Vermutlich ist das sogar der sicherste Weg. Denn dort sieht man uns nicht. Und wir sind geschützt, auch wenn wir auf Gangster stoßen statt auf Bauarbeiter.«

»Okay!«, stimmte Mike zu. »Dann lasst uns keine Zeit verlieren und sofort losgehen.«

Er wollte sich in Bewegung setzen, doch Matti hielt ihn zurück.

»Lasst uns erst mal auf die Ladefläche schauen«, schlug Matti vor. »Wenn die Gangster mit dem Lkw in den Dschungel gefahren sind statt mit einem Jeep, dann haben sie bestimmt irgendwelche Ausrüstung gebracht. Lasst uns nachsehen, ob wir etwas finden, das wir gebrauchen können.«

Das war wirklich eine gute Idee, fand Mike. Daran hatte er nicht gedacht.

Sie öffneten die Abdeckplane am Heck. Matti kletterte auf die Ladefläche und schlug die Plane hoch aufs Dach, so dass man von hinten hineinsehen konnte. Er hatte recht gehabt. Der Lkw war vollgestapelt mit etlichen Kisten.

Matti sah sich um, auf der Suche nach etwas, womit man die zugenagelten Kisten aufhebeln konnte. Und tatsächlich lag ein Brecheisen herum. Er brach die erste Kiste auf. Zum Vorschein kam aber nur Holzwolle, mit der die Kiste vollgestopft war, um das eigentliche Material zu schützen.

Matti drückte die Holzwolle vorsichtig auseinander.

»Ach du Scheiße!«

»Was?«, fragte Mike.

Er, Gabriel und Elly kletterten zu Matti auf die Ladefläche. Gemeinsam schauten sie in die Kiste und entdeckten, was Matti so entsetzt hatte: eine ganze Kiste voller Schnellfeuergewehre!

»Ein Lkw mit einer Waffenlieferung?«, stöhnte Elly auf.

Doch Matti widersprach: »Glaube ich nicht. Waffenhandel im Dschungel? Ich vermute eher, die Gewehre sind nur für die Gangster im Camp. In den anderen Kisten ist bestimmt etwas anderes.«

Wieder sollte er recht behalten. In der zweiten Kiste fanden sie keine Gewehre, sondern … »Laborgläser!«, staunte Mike. Er kannte solche Gläser aus dem Chemieunterricht der Schule: Erlenmeyerkolben, Reagenzgläser, Bechergläser, Pipetten …

»Was um alles in der Welt will man im Dschungel mit solchen …?«, setzte Elly zu einer Frage an. Dann fiel es ihr selbst ein: »Drogen. Die wollen ein neues Drogenlabor aufbauen!«

Matti nickte und schaute verbittert drein. »Und damit ist klar, dass sie uns auf jeden Fall weiterverfolgen. Die brauchen das Zeug und werden es suchen! Wir müssen weg von hier. Und zwar schnell!«

Darin waren sich alle einig. Elly und Mike sprangen sogleich vom Lkw. Auch Matti wollte gerade runterklettern, als Gabriel rief. »Wartet! Leute, seht mal. Ich hab was gefunden!«

Gabriel war über die Kisten in die hinterste Ecke der Ladefläche geklettert, in der er etwas erspäht hatte, das aussah wie … »Kanus!«, rief er. »Hier liegen zwei Kanus!«

Aufgeregt kletterten Matti, Mike und Elly zu ihm.

Wenn das stimmt!, dachte Mike. Aber warum sollte es nicht? Da sah er sie schon.

»Tatsächlich!«, hauchte er, fast ehrfürchtig. Er hatte

sogar das Gefühl, dass ihm ein paar Freudentränen in die Augen stiegen. Denn er begriff sofort, welch große Bedeutung dieser Fund für sie haben konnte. »Die könnten unsere Rettung sein! Jetzt brauchen wir nicht zu Fuß die Schneise entlangzugehen, wo uns die Gangster vielleicht schnell einholen und finden würden.«

»Wenn es einen Fluss in der Nähe gibt!«, wandte Elly ein.

»Den gibt es!«, versicherte Matti.

Elly schaute ihn verwundert an. »Woher willst du das wissen?«

Matti zeigte lässig auf die beiden Kanus. »Weil sie sonst keine Boote hierhertransportieren würden. Wir sind ja noch nicht sehr weit von dem Gangsterlager entfernt!«

»Okay«, stimmte Elly ihm zu, warf aber noch ein: »Allerdings wissen wir noch nicht, in welche Richtung die Strömung geht. Wenn wir Pech haben, treiben wir direkt auf das Lager der Banditen zu.«

Jetzt widersprach Gabriel: »Treiben lassen?« Er tauchte in die Lücke ab, in der die Kanus lagen, und kurz darauf hinter den Kisten wieder auf, mit einem Paddel in der Hand. »Wir können paddeln!«

Mike klatschte spontan in die Hände.

»Okay, Leute!«, rief Gabriel voller Tatendrang. »Lasst uns die Kanus raustragen.«

»Dafür ist es zu eng!«, erkannte Matti. »Wir müssen erst die Kisten auf dieser Seite abladen.«

Ängstlich schaute Mike aus dem Lkw heraus. »Das dauert so lange. Was, wenn die Gangster uns bereits verfolgen?«

»Das tun sie ganz bestimmt«, versicherte Matti. »Aber wir müssen die Kisten nicht tragen, wir können sie einfach so schnell wie möglich vom Lastwagen werfen!«

»Genau!«, stimmte Gabriel seinem großen Bruder zu. »Das ist doch alles Material für ein Drogenlabor. Ist doch gut, wenn so viel wie möglich kaputtgeht!«

»Okay!«, antwortete Mike. Er kletterte zurück zum Rand der Ladefläche, packte sich dort die erste Kiste, schob sie über den Boden, bis sie hinten von der Ladefläche kippte und halb im Morast stecken blieb.

»Die gehen nicht kaputt!«, stellte er fest. »Der Boden ist zu weich.«

Die anderen drei schauten sich kurz nachdenklich an. Dann entschied Matti: »Wäre zwar gut, das Labormaterial zu zerstören, aber dafür haben wir wirklich keine Zeit. Wir müssen uns beeilen.«

»Wir sollten die Kisten trotzdem öffnen!«, schlug Elly vor. »Ich glaube nicht, dass überall nur Waffen und Laborsachen drin sind.«

»Sondern?«, fragte Mike.

»Lebensmittel!«, antwortete Elly. »Die Camps müssen doch auch versorgt werden. Und wenn die schon einen Lkw hier hinausschicken, dann doch bestimmt auch mit Getränken und Essen und so.«

Wieder tauschten die anderen verdutzte Blicke. Niemand von ihnen war auf diese naheliegende Idee gekommen.

»Verdammt, sie hat recht!«, stellte Matti fest.

Er schnappte sich die zweite Kiste und schob sie gezielt und mit so viel Schwung über die Ladefläche hinaus, dass sie nicht im Morast, sondern auf der ersten Kiste landete und ihre Seitenwand aufbrach.

»Die schnellste Art, die Kisten zu öffnen«, erklärte Matti. »Wir müssen sie aufeinanderwerfen!«

»Gute Idee!« Gabriel und Mike schnappten sich die dritte Kiste. Diesmal schoben sie sie nicht einfach nur von der Ladefläche, sondern hoben sie an, um sie mit Schwung auf die beiden ersten zu werfen. Der Plan ging auf. Beim Aufprall brach die Holzkiste auseinander.

»Super!«, lobte Elly. Sie sprang vom Lkw, landete zwar wieder bis zu den Knien im Schlick, aber das war ihr egal. Mit bloßen Händen riss sie die zersplitterten Bretter der Holzkiste weiter auseinander und konnte so mit einer Hand hineingreifen und den Inhalt der Kiste untersuchen.

Enttäuscht zog sie die erste Fundsache heraus und hielt sie in die Höhe: »Klopapier!«

Matti und Gabriel stöhnten auf.

Nur Mike fand: »Könnte man auch gut gebrauchen!«

Doch Matti widersprach: »Nimmt zu viel Platz weg, und verdreckt sind wir ohnehin schon.«

»Bisher hab ich Blätter dafür benutzt!«, gestand Elly. »Und ich glaube, die Indianer machen das auch.«

»Eben!«, stimmte Matti ihr zu.

»Wenigstens eine Rolle!«, schlug Mike vor. »Damit könnten wir auch leichter Feuer machen!«

Das war ein gutes Argument. Elly warf ihm eine Klorolle zu, um sie zu verstauen. Dann untersuchte sie die Kiste weiter, ob sich noch etwas anderes darin befand. Sie fand etwas, das ihre Enttäuschung in Wut übergehen ließ.

»Seht euch das an!« Sie wedelte mit einem bunten Heftchen.

»Cool!«, kommentierte Gabriel kichernd.

»Cool?«, schimpfte Elly und warf das Heft beiseite.

Jetzt erst sah Mike, dass es voller Bilder mit nackten Frauen war.

»Spinnen die eigentlich?«, schimpfte Elly weiter. »Brauchen die Gangster hier draußen im Dschungel wirklich nichts anderes als diese Heftchen? O Mann, ich glaub's echt nicht.« Wütend trat sie gegen die Kiste. Dann aber hob sie das Heft wieder auf und stopfte es in die zerbrochene Kiste zurück. Nicht mal Affen sollte es in die Hände fallen, fand sie.

»Achtung, Elly!«, rief Matti ihr zu. »Die nächste Kiste!«

Elly stapfte aus dem Schlamm heraus, um sich etwas zu entfernen. Dann warfen Matti und Gabriel die nächste Kiste herunter, die ebenfalls wie geplant zerschellte.

»Wehe, da ist wieder so'n Mist drin!«, meckerte Elly.

»Vielleicht diesmal Videos!«, kicherte Gabriel.

Elly schaute ihn böse an. »Deine Witze waren auch schon mal besser, Gabriel!«

Während die Jungs die nächste Kiste zu sich heranzogen, durchsuchte Elly die neue Kiste. »Verbandsmaterial!«

Gabriel rollte mit den Augen. »Mann, kommt nicht mal etwas zu essen?«

»Diese hier vielleicht?«, sagte Matti, während er eine weitere Kiste zum Rand schob. »Die ist sauschwer. Könnten Konserven drinnen sein. Elly! Geh beiseite!«

Elly ging in Deckung.

Diesmal mussten die Jungs die Kiste zu dritt anheben, um sie überhaupt hochzubekommen und sie vom Lkw werfen zu können. Die Kiste krachte auf die vorigen, blieb aber heil. Stattdessen zerbrachen unter ihrem Gewicht die unteren Kisten, die zum Glück ja nichts Brauchbares enthielten. Matti nahm sich das Brecheisen und sprang zu Elly hinunter.

Nachdem er die Kiste geöffnet hatte, brachen er und Elly in einen kurzen Jubel aus: Sie war prallgefüllt mit Konservendosen.

»Bacalhau!«, rief Matti begeistert.

»Baca… was?«, fragte Mike.

Gabriel übersetzte für ihn: »Bacalhau! Dorsch … äh … junger Dorsch, wie heißt der noch auf Deutsch?«

»Kabeljau!«, rief Matti ihm zu.

Jetzt erst verstand Elly. »Fisch?« Sie verzog das Gesicht. Fisch in Dosen gehörte nicht gerade zu ihren Lieblingsspeisen. Aber es war besser als nichts. Schnell schaute sie nach, ob es nicht noch etwas anderes gab. Doch die ersten zehn Dosen, die sie aus der Kiste herausholte, enthielten alle das Gleiche: »Bacalhau! Bacalhau! Bacalhau! Essen die vielleicht auch mal etwas anderes?«

»Das sind ja sehr viele Männer in dem Camp«, versuchte Matti, es zu erklären. »Da reicht eine solche Menge an Fischdosen vielleicht gerade für zwei oder drei Mahlzeiten. Wenn überhaupt.«

»Dann lasst uns mal hier nachsehen!«, rief Gabriel vom Lkw herunter. Mike packte mit an und die beiden warfen die nächste Kiste herunter.

Endlich wurden sie fündig.

»Ravioli!«, rief Elly begeistert.

»Echt?« Mike konnte sein Glück gar nicht fassen. Er hätte nicht mal vermutet, dass es in Brasilien überhaupt Ravioli gab. Aber dass dann sogar die Banditen sich so etwas bringen ließen!

»Davon nehmen wir auf jeden Fall einige mit!«, verlangte er. »Egal, wie schwer die sind!«

»Ja!«, pflichtete ihm Elly bei. Sie beide aßen Dosenravioli für ihr Leben gern.

Gerade wollte Elly ihrem Bruder eine zum Verstauen hinaufwerfen, als Gabriel dazwischenrief: »Pst! Wartet mal! Ich höre etwas!«

Sofort erstarrten alle. Nicht nur Mike wusste: Gabriel hatte so etwas wie Fledermausohren. Wenn irgendwo ein Geräusch war, dann hörte Gabriel es als Erster.

Gebannt warteten sie, was er wahrgenommen hatte. Die anderen drei hörten noch immer nichts, sosehr sie ihre Ohren auch spitzten.

»Ein Motor!«, behauptete Gabriel.

»Was?«, entfuhr es Mike jetzt. »Die Gangster?«

Gabriel legte einen Finger auf seinen Mund. »Pst!«

Auch Mike lauschte. Und hörte noch immer nichts. Was er in diesem Fall als äußerst positiv empfand. Denn es bedeutete: Wenn da wirklich ein Lkw auf sie zugefahren kam, dann war er noch sehr weit weg.

»Wir müssen abhauen!«, warnte Gabriel. »Es dauert nicht mehr lang, dann sind sie hier!«

»Mist!«, fluchte Matti.

Alle wussten, woran er dachte: Es blieb nicht genügend Zeit, die Schätze an Bord des Lastwagens zu durchsuchen und so viel wie möglich mitzunehmen.

»Zuerst die Kanus!«, wies Matti die anderen an.

Er und Mike, die noch auf der Ladefläche standen, kletterten nach hinten, um das erste Kanu hervorzuholen und nach vorn durchzureichen.

Mike atmete erleichtert auf, als er das erste Boot mit nach vorn trug, denn er hatte es sich erheblich schwerer vorgestellt. Elly und Gabriel nahmen das Kanu von der Ladefläche entgegen und stellten es auf dem Boden ab. Mike und Matti kletterten zurück nach hinten, um das zweite Boot zu holen.

»Wieso denn beide Kanus?«, fragte Elly. »Wollen wir etwa nicht alle im selben Boot fahren?«

Matti hielt kurz inne. Tatsächlich hatte er es für geschickter gehalten, wenn sie sich aufteilten: je zwei Leute in einem Boot. Doch jetzt verstand er Ellys Unbehagen. Sie wollten alles zusammen machen, hatten sie sich geschworen. Zusammen durchkommen oder zusammen untergehen.

»Wenn eines kentert, kann das andere unsere Rettung sein«, wandte Mike ein. Doch auch er fühlte sich nicht wohl bei dem Gedanken, entweder nur mit seiner kleinen Schwester in einem Kanu zu sitzen oder mit einem der Brüder und dann Elly im anderen Kanu fernab von sich fahren zu lassen. Nein, wie er es drehte und wendete, sie sollten alle vier im selben Kanu fahren.

»Können wir nicht in dem einen fahren und in dem anderen Proviant mitnehmen?«, fragte er.

»Super Idee!«, lobte Matti. »Aber schnell. Wir raffen so viel brauchbares Zeug zusammen, wie wir tragen können. Zack, zack!«

»Ja! Sie kommen näher!«, warnte Gabriel erneut.

Jetzt hörte auch Mike in der Ferne ein leises Brummen.

»Verdammt! Los, Beeilung!«, trieb er sich selbst und die anderen an. Er schnappte sich vier Raviolidosen und warf sie in das zweite Kanu, das sie mittlerweile von der Ladefläche geholt hatten. Elly und Gabriel durchwühlten die anderen zerbrochenen Kisten. Matti brach in aller Eile auf der Ladefläche so viele Kisten auf, wie er nur schaffen konnte. Bei der dritten rief er: »Hier! Decken!«

Elly und Gabriel stürmten hinauf, rissen einige Decken aus der Kiste und warfen sie Mike zu, der sie im Kanu verstaute.

»Hier!« Wieder ein Kommando von Matti. »Taschenlampen! Und …« Er brach noch ein Stück aus der Kiste heraus und griff hinein. »… Feuerzeuge. Petroleumlampen. Das ist die reinste Schatzkiste! Nehmt die ganze Kiste mit! Los! Los! Beeilung!«

Mike war zur Stelle, um gemeinsam mit Matti die Kiste runterzuschleppen, während Gabriel das Brecheisen an sich nahm.

»Elly und Gabriel nehmen das leere Kanu, wir das volle!«, wies Matti an.

Elly und Gabriel hoben das Kanu an. Es war zwar leicht, aber für die beiden noch schwer genug. Sie mussten sich ordentlich anstrengen, um es durch Büsche und Gestrüpp tragen zu können.

»Dort entlang!« Matti zeigte von der Straße weg.

Elly und Gabriel gingen vor und verschwanden schon nach wenigen Schritten im Dickicht. Der Motorenlärm wurde lauter.

»Sie sind gleich hier!«, befürchtete Matti. »Los!«

Rückkehr der Banditen

Matti hob die Spitze des Kanus an, während Mike das Heck anpackte. Aber Matti setzte es gleich schnaufend wieder ab. »O Mann!«, stöhnte er. »Schwerer, als ich dachte.«

»Nur ein kleines Stück!«, beschwor Matti ihn. »Hinter den ersten Büschen können wir es ziehen. Aber hier dürfen wir keine Spur hinterlassen. Lass uns tauschen. Ich glaube, hinten ist schwerer.«

Mike wechselte nach vorn und hob die Kanuspitze an. Immer noch sauschwer, fand er.

Matti hob das Heck und begann zu schieben. »Los!«

Mike stolperte auf den ersten Busch zu, der nicht allzu hoch war.

»Drüber weg!«, befahl Matti.

»Was?«

»Drüber weg!«, wiederholte er. »Damit wir den Busch nicht einknicken und keine Spur hinterlassen.«

Mike nahm seine ganze Kraft zusammen, um das schwere, beladene Boot so hoch wie möglich über den Busch hinwegzustemmen und gleichzeitig vorwärtszugehen. Er schaffte es.

»Super!«, lobte Matti. »Weiter!« Sie trugen das Boot nun zwischen zwei eng zusammenstehenden Bäumen hindurch und gerieten auf einen schmalen, aber sichtbaren Pfad. Matti reckte den Hals, um zu schauen, wo Elly und Gabriel steckten.

»Elly? Gabriel? Wo seid ihr?«

»Hier!«, antwortete Gabriel.

Aber das half Matti und Mike nicht weiter. Sie hörten Gabriel zwar laut und deutlich, konnten aber trotzdem nicht feststellen, woher seine Stimme kam.

»Was heißt hier? Wo?«, fragte Matti.

»Hier ist ein Busch mit blauen Blüten!«, rief Elly ihnen zu.

Mike sah sich um und entdeckte hinter sich an einem Busch, in etwa drei Metern Höhe, ein paar blaue Blüten.

»Da!« rief er voller Freude. »An dem Busch sind Blüten!«

Doch Matti nickte mit dem Kopf zur entgegengesetzten Seite. »Dort auch!«

Mike drehte sich um und entdeckte einen zweiten Busch mit blauen Blüten. Und weiter vor ihnen einen dritten.

»Mensch, Elly!«, schimpfte er. »Hier sind überall blaue Blüten. Wo steckt ihr?«

»Hier!«, antwortete wieder Gabriel.

»Das ist nicht hilfreich, Gabriel!«, zischte Matti genervt. »Was seht ihr noch?«

»Den Lkw«, antwortete Elly. »Hinter uns!«

»WAS?«, rief Matti. »Verdammt! Macht, dass ihr da wegkommt. Außer Sichtweite. Los! Wenn ihr den Lkw seht, dann können die Gangster euch auch sehen, wenn die gleich kommen. Versteckt euch!«

»Wir gehen weiter vor!«, teilte Elly ihnen mit.

Und plötzlich sah Mike, wie sich der Busch mit den blauen Blüten vor ihnen bewegte. »Da! Das müssen sie sein!«

»Wir können das Boot jetzt ziehen!«, sagte Matti.

Matti ließ das Heck des Kanus herunter und ging nach vorn zu Mike. Zu zweit packten sie den Bug an und schleiften das Boot hinter sich her wie einen Karren ohne Räder. Kaum hatten sie Elly und Gabriel erreicht, als Gabriel rief: »Da kommen sie!«

Auch Mike sah durch die Büsche hindurch einen Lkw der Gangster heranrollen, der mit gehörigem Abstand zum Unfall-Lastwagen anhielt, wahrscheinlich, um nicht auch im Schlamm stecken zu bleiben.

»Schnell!«, wies Matti die anderen an. »Noch weiter rein in die Büsche. Nur noch ein paar Meter. Dort entlang!« Er wies auf einen riesenhaften Baum mit einem gut zwei Meter dicken Stamm, der von dichten Büschen und Gestrüpp umgeben war. »Dahinter!«

So schnell, aber auch so vorsichtig wie möglich trugen die vier die beiden Kanus hinter die grüne Wand und legten sie dort ab.

Anschließend gab Matti der Gruppe ein Zeichen. Er sprach nun nicht mehr, weil das Motorengeräusch des Lkws erloschen war und sie stattdessen das Zuschlagen zweier Türen hörten. Die Banditen hatten also geparkt und waren ausgestiegen. Ab jetzt konnte jedes kleinste Geräusch sie verraten.

Mike ahnte wie die anderen, was die Gangster jetzt tun würden: Sie würden die zerbrochenen Kisten entdecken, kurz nachsehen, was auf dem Lkw fehlte und dann sehr wohl vermuten, dass die vier flüchtigen Kinder noch nicht allzu weit gekommen waren und – die Verfolgung aufnehmen.

Doch die vier waren vorbereitet. Matti hatte ein Zeichen benutzt, das er den Indianern abgeguckt hatte. Auch das, was sie jetzt tun würden, hatten sie von den Indianern gelernt: sich unsichtbar zu machen. Vermutlich würde es ihnen nicht so perfekt gelingen wie den Indianern, denn sie hatten es nie geübt; immer nur aufmerksam zugeschaut. Aber nun hing ihr Leben davon ab.

Schweigend und auch ansonsten nahezu geräuschlos zogen alle vier ihre Kleidung aus. Einen Augenblick lang erinnerte sich Mike, wie sehr sie sich geniert hatten, als sie das erste Mal mit den Kindern der Indios im Fluss schwimmen waren. Dabei war das Problem nicht einmal gewesen, sich vor den Indianern nackt zu zeigen, sondern eher, das untereinander zu tun. Besonders Elly hatte es nicht über sich gebracht, sich vor Matti und Gabriel auszuziehen.

Jetzt war es kein Problem, für keines der vier Kinder. Denn sie wussten, dass ihre Kleidung, so verschlissen und schmutzig sie inzwischen auch war, sie leicht verraten konnte, wenn irgendetwas Farbiges durch den grünen Blätterwald hindurchschimmerte. Da der Boden von der einsetzenden Regenzeit nass, schlammig und morastig war, hatten sie leichtes Spiel, sich zu tarnen. Sie rieben sich von Kopf bis zu den Waden mit Schlamm ein. Ihre Füße steckten ja ohnehin schon im Morast. Und da der Schlick matschig und klebrig war, hielt das aufgesammelte Laub an ihnen wie mit Bastelleim aufgeklebt. Nach gerade mal einer knappen Minute waren die vier nicht wiederzuerkennen. Sie hatten sich von vier Stadtkindern in Straßenkleidung in vier menschliche Büsche verwandelt, mit einer Haut aus Schlamm und Blättern. Nun waren sie im Dschungel unsichtbar, so wie sie es von den Indianern gelernt hatten. Sie tarnten die Kanus mit Ästen und Laub und entfernten sich langsam einige Meter von ihnen.

Nun standen sie da, regungslos, wie es die Indianer

getan hatten, und hörten, wie die Banditen ihre Suche nach den Kindern aufnahmen.

Mike fühlte sich merkwürdigerweise innerlich sehr ruhig. Keine Spur von Aufregung oder Angst. Nichts an ihm zitterte. Er vertraute voll darauf, für jeglichen Verfolger unsichtbar geworden zu sein, egal, wie dschungelerfahren die Gangster auch sein mochten. Mike spürte: Er war zu einem Indianer geworden, den niemand in der Wildnis finden konnte, wenn er es nicht wollte. Er unterdrückte den Impuls, zu den anderen zu schauen, denn dazu hätte er leicht den Kopf drehen müssen. Aber er bewegte sich nicht. Nicht das kleinste bisschen. Genau so, wie der Indianerjunge Davi und seine indigenen Freunde es ihnen vorgemacht hatten.

Vom Lkw zu den Büschen hatten sie keine Spur hinterlassen. Dass die Gangster bei der unendlichen Zahl von Möglichkeiten, ihnen durch die Büsche zu folgen, ausgerechnet auf die Kanuspur hinter dem einen Busch stoßen würden, war zwar möglich, aber unwahrscheinlich. Aber selbst wenn: Die Spur verlor sich im Nichts. Sie hatten die Kanus dann ja wieder getragen und versteckt. Nein, Mike fühlte sich sicher. Sie würden niemals entdeckt werden.

In dem Augenblick sah er, wie direkt vor ihm einer der Banditen aus einem Gebüsch hervortrat und nun vor ihm stand. Keine vier Meter von ihm entfernt, schätzte Mike.

TARNEN

Tarnen heißt, sich mit Hilfe von geeigneten Mitteln – wie zum Beispiel Schminke, Sträuchern oder Kleidung – der Umgebung so anzupassen, dass man nur schwer oder gar nicht gesehen werden kann. Dazu gehört außerdem, Spuren, die einen verraten könnten, zu beseitigen. Gesicht und Hände kann man am besten mit Tarnschminke tarnen. Wenn man keine hat, kann man sich auch sehr gut mit Holzkohle oder Asche behelfen. Wichtig ist, sich damit nicht gleichmäßig, glatt und schön zu schminken, als wollte man ausgehen, sondern im Gegenteil: sich möglichst unregelmäßig, kreuz und quer zu färben, damit man in der Natur wenig auffällt. Statt Asche oder Holzkohle kann man sehr gut auch natürliche Farben von entsprechenden Pflanzen verwenden, wenn man sich mit ihnen auskennt.

Hat man Kleidung zur Verfügung, die farblich zur Umgebung passt, kann man natürlich den ganzen Körper damit tarnen. Militärkleidung zum Beispiel ist in Erdfarben (Grün und Braun) gehalten, damit Soldaten im Gelände nicht zu sehen sind.

Man sollte eigentlich vermeiden, sich zur Tarnung mit Schlamm, Erde oder Morast einzuschmieren, da diese Infektionen hervorrufen könnten. Trotzdem kann dies manchmal notwendig sein, wenn man nichts anderes zur Verfügung hat.

Darüber hinaus ist es wichtig:

- sich unauffällig zu bewegen, besonders, wenn man sich quer zu dem Suchenden bewegen muss.
- bei der Fortbewegung möglichst nicht von vorhandenen Wegen oder Pfaden abzuweichen, um keine neuen Spuren zu hinterlassen.
- hervortretende Dinge, wie zum Beispiel Rucksäcke oder auch Waffen, auf dem Boden abzulegen oder zu verstecken.
- beim Sprechen nur zu flüstern. Und selbst Flüstern ist bei entsprechendem Wind 100 bis 200 Meter weit zu hören.
- Lichtquellen abzuschirmen.

Es gilt aber auch zu beachten, dass eine Tarnung nie die eigene Sicht, den möglichen Gebrauch von Waffen oder Werkzeugen und schon gar nicht die eigene Beweglichkeit behindern sollte.

Zudem ist die Auswahl des Standorts entscheidend. Die schützende Wirkung des Geländes – wie zum Beispiel das dichte Buschwerk des Regenwalds – kann im günstigen Fall schon ausreichen, um sich perfekt zu verstecken.

Er rührte sich nicht, blinzelte nicht einmal mit den Augenlidern. Und er war sich sicher, dass Elly, Matti und Gabriel ebenso still und starr dastanden, als wären sie soeben zu Stein geworden oder hätten sich tatsächlich in Büsche verwandelt.

Der Gangster trug ein Gewehr im Anschlag. Mike fragte sich, ob er tatsächlich auf ihn und die anderen schießen würde, wenn sie entdeckt würden. Vermutlich ja. Sie hatten ja auch die Indianer erschossen, als sie das Dorf überfallen hatten.

Mike ärgerte sich, dass sie keine Blasrohre der Indios mitgenommen hatten. So eine lautlose Waffe wäre jetzt genau das Richtige gewesen, um die Verfolger loszuwerden. Einen nach dem anderen hätten sie betäuben können, ohne dass die Komplizen es mitbekommen hätten. Aber sie hatten zu wenig Zeit gehabt, darüber nachzudenken. Als sie sich an das Lager der Banditen herangeschlichen hatten, hatte sich plötzlich die günstige Gelegenheit ergeben, den führerlosen Lkw zu kapern und damit zu flüchten. Daher hatten sie jetzt nur ihre notdürftige Ausrüstung, ein paar eroberte Pistolen und ein Gewehr zur Verfügung. Nichts wäre in dieser Situation aber dümmer gewesen, als eine wilde Schießerei anzuzetteln, das wusste Mike. Zumal sie auf keinen Fall Menschen töten wollten, wenn es sich irgendwie vermeiden ließ – auch, wenn es Banditen waren.

So blieb Mike und seinen Freunden nichts übrig, als sich auf ihre Tarnung zu verlassen, die sie mit ihrer Umgebung vollkommen verschmelzen ließ, ähnlich wie Chamäleons. Der Bandit vor Mikes Nase schaute sich um. Mike atmete so flach wie möglich, um sich nicht zu verraten.

Mit einem unzufriedenen Grunzen drehte sich der Bandit schließlich um und verschwand hinter einem der Büsche einige Meter weiter. Glücklicherweise in der entgegengesetzten Richtung vom Versteck der Kanus. Mike war erleichtert, trotzdem unterließ er es, durchzuatmen oder sich sonst irgendwie zu rühren. Der Bandit konnte sich noch in unmittelbarer Nähe befinden oder ein anderer urplötzlich vor ihnen auftauchen. Mike nahm sich vor, so lange wie ein unsichtbarer Geist stehen zu bleiben, bis die Banditen wieder in ihren Lastwagen einstiegen und davonfuhren. Und er hoffte, seine Freunde dachten ebenso.

Die Banditen riefen sich gegenseitig etwas zu. Mike wünschte, er könnte etwas verstehen. So musste er darauf vertrauen, dass Matti und Gabriel reagieren würden, wenn es nötig wurde. Die beiden verstanden natürlich jedes Wort.

Mike nahm an, die Männer riefen sich lediglich zu, dass sie bislang keine Spur der Entflohenen gefunden hatten. Sicher kochten sie vor Wut, dass ihnen ein paar Kinder einen Lkw gestohlen hatten. Doch dann fiel

Mike ein, dass die Banditen eigentlich gar nicht wissen konnten, wer ihnen den Lastwagen geklaut hatte. Vielleicht glaubten sie, es sei eine rivalisierende Bande gewesen?

Das könnte noch gefährlicher sein, dachte Mike bei sich. Denn dann waren sie möglicherweise noch schneller bereit, auf bloßen Verdacht in die Büsche zu schießen. Bevor seine zunehmende Angst ihn übermannen konnte, konzentrierte Mike sich weiter auf die Geräusche der Männer.

Einer stieß einen lauten Ruf aus, und die Männer drehten ab. Offenbar hatte jemand das Signal gegeben, die Suche aufzugeben und sich stattdessen darum zu kümmern, ihr Material zu sichern. Denn nun begannen die Banditen, sich die Gewehre auf die Rücken zu schnallen, die zerbrochenen Kisten einzusammeln und den im Schlick stecken gebliebenen Lkw zu entladen.

Mike spürte allmählich das Bedürfnis, sich zu bewegen. Nur ein wenig. Einmal den Fuß auszuschütteln, nacheinander die Beine zu entlasten, mal kurz in die Hocke zu gehen. Irgendetwas. Doch er verkniff es sich. Er hatte keine Ahnung, wie lange er da so bewegungslos stand. Vielleicht seit zwanzig oder dreißig Minuten. Gefühlt allerdings kam es ihm wie Stunden vor.

Plötzlich kündigte sich in seiner rechten Wade ein

Krampf an. Er musste sich bewegen! Panisch stellte sich Mike auf die Zehenspitzen, versuchte, sein ganzes Körpergewicht auf die Zehen seines rechten Beines zu verlagern, um den Krampf herauszudrücken. Das kam der Maßnahme am nächsten, die Mike von Fußballübertragungen kannte. Dort übernahm es immer ein Mitspieler, dem Betroffenen den Fuß nach hinten zu drücken. So unmerklich wie möglich begann Mike, leicht auf den Zehen zu wippen, um so seine Muskeln noch besser zu dehnen und den Krampf schnell wieder loszuwerden, bevor er seine ganze, äußerst schmerzhafte Wirkung entfaltete.

Mike biss die Zähne zusammen und versuchte noch mehr, sein Gewicht auf die Zehen des betroffenen Beines zu verlagern. Aber der morastige Boden war zu weich, er gab zu wenig Widerstand, um die Wadenmuskulatur ausreichend dehnen zu können. Der Krampf kroch in sein Bein wie eine unbarmherzige Würgeschlange, die nun brutal zudrückte. Ein Schmerzensschrei presste sich durch Mikes Lippen. Schnell hielt er sich selbst den Mund zu und verfluchte sich gleichzeitig für diese heftige Bewegung, die ihn schon hätte verraten können. Er verharrte still im Schmerz, schaute sich um. Niemand schien etwas bemerkt zu haben. Aber der Schmerz in der Wade nahm zu. Er hielt es nicht mehr aus, er musste etwas gegen den Krampf unternehmen. Jetzt! Sofort!

Mike gab sämtliche Vorsichtsmaßnahmen auf. Er bückte sich langsam, reckte die Zehen nach oben und zog, so stark er konnte, an ihnen, wobei er das Bein durchgedrückt ließ. Das tat gut! Er spürte, wie der Schmerz langsam nachließ und der Krampf aus seinem Bein verschwand.

Gleichzeitig hörte er erneute Rufe der Männer.

Hatten sie ihn jetzt entdeckt?

Mike blieb dennoch in dieser Stellung und zog weiter an seinen Zehen, denn noch hatte sich der Krampf nicht vollends gelöst. Er wusste, wenn er jetzt losließ, würde der Krampf zurückkehren, vermutlich stärker, als er zuvor gewesen war. Er kannte das vom Fußball in der Klassenmannschaft. Schon einige Male hatte er auf dem Platz einen Krampf erlitten. Besonders bei Schulturnieren. Sein Lehrer hatte ihm mal gesagt, es läge am Magnesiummangel. Es gab spezielle Tabletten und Getränke dafür. Aber wo sollte er so etwas im Dschungel herbekommen? Mit Sicherheit wuchsen hier etliche Pflanzen, die einen hohen Magnesiumanteil enthielten und daher genau das Richtige für ihn gewesen wären. Ob in seinem Survival-Buch etwas darüber stand? Bestimmt. Nur wagte er nicht, jetzt darin nachzusehen. Das Buch steckte außerdem in der Tasche seiner Hose, die zu seinen Füßen lag.

Erleichtert spürte Mike, wie der Schmerz aus seinem Bein wich. Er blieb in der gebückten Haltung, weil die

Rufe der Männer nicht nachließen. Für den Fall, dass sie ihn doch nicht entdeckt hatten, wollte er ihnen keine neue Chance bieten, sich mit einer Bewegung zu verraten.

Dann endlich das erlösende Geräusch: Der Motor des Lkws wurde gestartet.

Sie sind fertig!, dachte Mike. Und jetzt fahren sie davon! Noch immer rührte er sich nicht, sondern wartete, bis der Lkw sich in Bewegung setzte und tatsächlich abfuhr.

Erst als von dem Motorengeräusch kaum noch etwas zu hören war, wagte Mike es, sich aufzurichten, tief durchzuatmen, und vor allem, seine Beine zu bewegen.

Welche Wohltat!

»Sind sie weg?«, hörte er die leise Frage seiner Schwester.

»Ja!«, antwortete Mike. Er trat aus dem Busch hervor, reckte die Arme in den Himmel, bog sich ein wenig nach hinten, um seinen Rücken durchzustrecken.

»Lange hätte ich es nicht mehr ausgehalten«, gestand Elly. Sie trat aus ihrem Versteck heraus, stellte sich neben Mike und begann, ihre Waden zu massieren.

»Hattest du auch einen Krampf?«, fragte Mike.

Elly schüttelte den Kopf. »Nein! Aber meine Beine tun trotzdem weh. Sie so lange nicht zu bewegen, ist echt anstrengend.«

AKUTMASSNAHMEN BEI WADENKRÄMPFEN

Dehnen, Möglichkeit 1:
In Schrittstellung die krampfende Wade nach hinten durchstrecken und die Ferse dieses Beins auf den Boden drücken. Das vordere Bein leicht anbeugen.

Dehnen, Möglichkeit 2:
Die Zehen in Richtung Knie ziehen, die Ferse nach vorne schieben.

Dehnen, Möglichkeit 3:
Mit durchgestrecktem oder leicht angewinkeltem Bein die Zehen mit einer Hand in Richtung Knie ziehen.

WELCHE LEBENSMITTEL HELFEN GEGEN WADENKRÄMPFE?

Wadenkrämpfe sind sehr schmerzhaft und oft typische Symptome eines akuten Magnesiummangels. Vor allem Ausdauersportler (oder auch Nichtsportler bei körperlicher Anstrengung z. B. in heißen Gegenden) verlieren beim Schwitzen verstärkt Magnesium, was nicht nur die (sportliche) Leistung erheblich vermindern, sondern auch zu schmerzhaften Krämpfen führen kann. Magnesium kann also helfen, Muskelkrämpfen vorzubeugen.

Die Weltgesundheitsorganisation (WHO) empfiehlt eine tägliche Dosis von 300 mg Magnesium zur Therapie eines Magnesiummangels.

Die Deutsche Gesellschaft für Ernährung empfiehlt als normale Menge Magnesium für Kinder von zehn bis 13 Jahren 230 mg Magnesium täglich. Diese Menge ist zum Beispiel in knapp 100 g Mandeln enthalten.

Hier ein paar Beispiele für Lebensmittel mit hohem Magnesiumgehalt:

Angaben pro 100 g Lebensmittel:

Speisekleie	590 mg
Paranüsse	376 mg
Cashewnüsse	267 mg
Mandeln	252 mg
Sojabohnen	220 mg
Limabohnen	204 mg
Hirse	170 mg
Reis, natur	157 mg
Haferflocken	137 mg
Grünkern	130 mg
Linsen	129 mg
Mais	120 mg
Erbsen	116 mg
Krabben	67 mg
Spinat	58 mg
Bananen	36 mg

»Und wie!«, bestätigte Mike. Er begann mit ein paar gymnastischen Übungen, weil er sich fühlte, als wäre er Monate bewegungslos irgendwo eingemauert gewesen. Genüsslich schüttelte er Beine und Arme aus, drehte den Kopf, um seinen Nacken zu entlasten, machte ein paar Kniebeugen, hüpfte ein wenig auf und ab.

Während Elly nach ihrer Kleidung griff, um sich wieder anzuziehen, fragte sie: »Wo sind Matti und Gabriel?«

Mike hörte mit seinen Übungen auf. Erst jetzt bemerkte er, dass die beiden noch nicht aus ihren Verstecken herausgekommen waren. Gerade wollte er nach ihnen rufen, da sah er, wie sich ein Busch bewegte.

Mike huschte ein Lächeln übers Gesicht. Obwohl er eigentlich sicher gewesen war, dass sich die beiden zwischen ihm und Elly versteckt hatten und nicht in dem Busch, aus dem sie jetzt kamen, rief er ihnen freudig entgegen: »Und? Tun euch auch so die Beine weh?«

Eine Antwort auf seine Frage bekam er nicht. Denn aus dem Busch traten nicht Matti und Gabriel, sondern einer der Banditen – mit einem Gewehr im Anschlag!

Böse grinste er die Kinder an und sagte etwas auf Portugiesisch, das Mike nicht verstand. Doch seine Tonlage verriet seine Genugtuung darüber, dass er die Kinder nun doch noch aufgespürt hatte.

Mike erstarrte vor Schreck. Elly stieß einen kurzen Schrei des Entsetzens aus. Ihre Kleidung hielt sie ängstlich zusammengeknüllt schützend vor ihren nackten Körper.

»Aber … wieso?«, stotterte Mike. Doch die Antwort war ihm schon bewusst: Die Banditen hatten mindestens einen ihrer Leute zurückgelassen in der Hoffnung, dass sich die Diebe ihres Lkws täuschen ließen und aus ihren Verstecken herauskriechen würden. Genau das war jetzt eingetreten.

Das hätten wir uns auch denken können!, ärgerte Mike sich. Sie waren zu naiv gewesen.

»Und was jetzt?«, fragte Elly ängstlich.

Mike wusste es nicht.

Der Bandit machte eine Bewegung mit dem Gewehrlauf, die wohl bedeuten sollte, dass die Kinder ihre Arme heben sollten. Was aus Mikes Sicht völlig übertrieben war. Denn nicht nur, dass er und Elly sich hatten erwischen lassen, sie standen auch noch splitternackt vor ihm. Lediglich von Kopf bis Fuß wegen der Tarnung mit Erde und Matsch eingeschmiert. Trotzdem hätte Mike seine Hände nun lieber dazu verwendet, seine Blöße zu bedecken, statt vor dem fremden Kerl seine Arme in die Luft zu strecken. Der Typ sah doch, dass sie nackt waren. Wie sollten sie denn irgendwelche Waffen versteckt haben? Elly ließ ihre Kleidung zu Boden sinken und hob ebenfalls die

Arme. Sie dachte an die Hefte, die sie im Lkw gefunden hatten, und kam sich doppelt schäbig vor, jetzt so entblößt und hilflos vor dem fremden Mann zu stehen.

Der Mann kam zwei Schritte auf sie zu.

Elly fragte sich, was er jetzt vorhatte. Würden sie gefesselt und zurück ins Banditenlager verschleppt werden? Oder würde er sie gleich hier an Ort und Stelle umbringen? Auch das war denkbar. Elly erinnerte sich an den Überfall auf das Indianerlager. Und natürlich kam ihr auch sofort wieder in den Sinn, dass sie einen der Banditen dabei erschossen hatte. Jetzt war es umgekehrt. Bewaffnet stand einer der Gangster vor ihr. Ellys Gedanken rasten. Wo hielten sich Gabriel und Matti nur auf? Hatten die beiden mit einem Hinterhalt gerechnet und waren deshalb nicht gleich aus ihrem Versteck gekommen? Beobachteten sie die Szene? Wusste der Mann, dass sie eigentlich zu viert waren? Elly hoffte, nicht. Sie ging langsam auf den Gangster zu und lenkte somit seine Aufmerksamkeit weg vom Versteck, in dem sie noch Gabriel und Matti vermutete.

Und plötzlich sah sie, wie sich hinter dem Mann einige Zweige eines Busches bewegten. Elly zuckte kurz zusammen. Waren doch noch mehr Männer hier?, fragte sie sich. Und dort aus dem Busch kam schon der nächste?

Doch statt eines Mannes schnellte etwas anderes aus dem Busch hervor. Elly konnte nicht ausmachen, was es war. Als sie es begriff, war es bereits geschehen: Ein Gewehrkolben schlug hart auf den Schädel des Banditen, den diese Attacke so blitzartig traf, dass er, ohne einen einzigen Muckser von sich zu geben, sofort zu Boden ging. Ihm knickten einfach die Beine weg, und er sackte zusammen wie ein zu schlaffer Mehlsack.

Erschrocken riss Elly die Augen auf. Erst dann erkannte sie, wer aus dem Busch herauskam.

»Matti?«, rief Mike verwundert.

Elly war erleichtert. Matti hatte sich offenbar unmerklich von seinem Versteck aus hinter den Gangster geschlichen und ihn dann von hinten niedergestreckt.

Jetzt, als der Bandit vor ihnen lag, traute sich auch Gabriel aus seinem Versteck. Er war dort geblieben, wo vorher auch Elly und Mike gestanden hatten.

Mike beugte sich vorsichtig zu dem leblosen Körper des Mannes herunter.

»Ist er …?«, fragte er, ohne das Wort auszusprechen.

»Tot?«, ergänzte Matti und nahm ihm die Hemmung. »Glaube ich nicht. Ich weiß ja auch nicht, wie stark man da zuschlagen muss. Ich bin froh, dass es überhaupt geklappt hat.«

Gabriel wagte es, sich zu dem bewusstlosen Mann hinunterzuknien und leicht seinen Kopf zu drehen.

Gleichzeitig nahm Mike dem Mann vorsichtshalber das Gewehr aus der Hand.

»Achtung!«, warnte Matti. »Es ist, glaube ich, nicht gesichert, sondern schussbereit.«

Mike fasste das Gewehr nur mit spitzen Fingern an, fast so, als wäre es klebrig, und achtete penibel darauf, dass der Lauf immer von ihnen wegzeigte.

Er gab es Matti, der es schnell sicherte.

»Blut sehe ich nicht«, sagte Gabriel, nachdem er den Bewusstlosen in Augenschein genommen hatte. »Aber am Hinterkopf hat er so eine Beule.« Er zeigte mit Daumen und Zeigefinger eine zentimeterdicke Schwellung an.

»Pass auf«, warnte Elly. »Vielleicht wacht er jeden Moment wieder auf!«

Matti ging in Stellung und hielt den Kolben seines Gewehrs für einen zweiten Schlag bereit.

»Können wir ihn fesseln?«, fragte Gabriel.

Doch Matti winkte ab. »Wir sollten für ihn kein Seil verschwenden. Das können wir später sicher noch besser verwenden.«

»Aber wenn er gleich aufwacht und uns angreift?«, fragte Gabriel.

Mike zeigte auf die Füße des Mannes. »Er trägt Schnürstiefel!«

»Na und?«, fragte Elly. »Die sind ja wohl zu dünn und zu kurz, um ihn zu fesseln.«

Mike erinnerte sich an einen Streich, den er und ein paar Kumpels mal einem Mitschüler während einer Klassenreise gespielt hatten und für den er sich eigentlich im Nachhinein schämte. Aber jetzt kam ihm diese Erfahrung zugute.

»Wir binden seine Schnürsenkel zusammen«, schlug Mike vor. »Wenn er aufwacht und auf uns losstürmen will, wird er beim ersten Schritt hinfallen.«

Gabriel kicherte. »Gute Idee! Und mit seinem eigenen Gürtel können wir ihm die Hände auf den Rücken binden.«

»Nein!«, widersprach Matti. »Den Gürtel nehmen wir mit. Fessle ihn mit den Ärmeln seines Hemdes.«

Gabriel nickte zustimmend.

Mike hockte sich hin, um Gabriel zu helfen. Er begann sofort damit, die Schnürsenkel der beiden Schuhe miteinander zu verknoten, während Elly Gabriel half, dem Mann das Hemd vom Körper zu streifen und ihm damit die Hände zusammenzubinden. Ihnen war bewusst, dass der Mann sich aus dieser Fesselung würde befreien können. Dennoch würde er einige Zeit dafür brauchen. Zeit, in der die Kinder entweder fliehen oder den Mann erneut überwältigen konnten.

»Schaut nach, was er noch Brauchbares bei sich trägt!«, riet Matti ihnen. »Taschenmesser, Feuerzeug oder so etwas.«

Gabriel löste den Gürtel aus der Hose und nahm

auch das Jagdmesser, das an ihm festgemacht war, an sich.

Mike durchsuchte die Taschen des Mannes und fand tatsächlich ein Feuerzeug, ein halbes Päckchen Zigaretten, aber: »Leider kein Handy!«

»Nein! Die haben zu viel Angst, geortet werden zu können. Wahrscheinlich sind ihnen Handys verboten«, erläuterte Matti.

Mike fummelte noch ein halbes Päckchen Papiertaschentücher aus der Hosentasche sowie einen kleinen Schlüsselbund, an dem drei Sicherheitsschlüssel baumelten.

»Mitnehmen!«, entschied Matti. »Man weiß nie.«

»Ich schau nach, ob noch irgendetwas in dem Lkw ist. Und dann ziehen wir uns wieder an und machen, dass wir hier wegkommen!«

Im Auge des Alligators

Die vier Kinder hatten mit ihrer Vermutung richtiggelegen: Ein Gewässer war in der Nähe. Sie brauchten die beiden Kanus also nicht sonderlich weit durch den dichten Dschungel zu schleppen – doch es war auch so beschwerlich genug. Matti und Mike trugen das schwerere Kanu, in dem sie ihre Ausrüstung und die Konservendosen verstaut hatten. Gabriel und Elly schleppten das leere Kanu, mit dem sie gleich fahren wollten. Matti hätte es zwar nach wie vor am besten gefunden, wenn nur jeweils zwei in einem Kanu gesessen hätten, aber Elly bestand darauf, sich nicht zu trennen. So wollten sie zu viert in einem der Kanus fahren und das andere als »Versorgungskanu« hinter sich herziehen. Zum Glück besaßen sie jetzt ein Seil, um die beiden aneinanderzubinden.

Am Ufer des Flusses stellten sie die Kanus erst einmal ab und setzten sich auf den Rand, um durchzuschnaufen.

»Die Boote fühlen sich im ersten Moment so leicht an«, sagte Gabriel. »Aber wenn man sie durch dichten Dschungel ziehen, schieben und tragen muss, merkt man erst, dass sie doch ganz schön schwer sind.«

»Es sind eben große Kanus für erwachsene Männer«, erklärte Matti ihm. »Keine Jugendkanus wie unseres.«

»Ihr habt ein Kanu?«, fragte Mike nach.

»Ja!«, antwortete Gabriel begeistert. Doch sogleich trübte sich seine Miene. »Leider benutzen wir es nur selten.«

»Wirklich?« Mike konnte es gar nicht glauben. »Aber habt ihr nicht immer gutes Wetter und könnt das ganze Jahr hindurch fahren? Bei uns in Deutschland kann man nur im Frühling und Sommer fahren. Und selbst dann müssen wir immer erst eines mieten.«

Mike zog seine Mundwinkel nach unten.

»Die Regenzeit macht um Manaus keinen Bogen«, erklärte Gabriel ihm. »Aber meistens können wir nicht fahren, weil unsere Eltern keine Zeit haben.«

Mike dachte an zu Hause und wie sehr er seine Eltern, seine Freunde, sein Zimmer, seine Großeltern und überhaupt alles vermisste. Sogar seine Schule! Doch er kam nicht dazu, weiterzugrübeln und sich in seinem Heimweh zu verlieren.

»Genug ausgeruht, wir müssen hier weg. Es wird

nicht lange dauern, bis die Gangster zurückkehren«, mahnte Matti zum Aufbruch.

»Oder der Typ, den wir niedergestreckt haben, wacht auf«, ergänzte Gabriel.

Die vier standen auf. Matti band das beladene Kanu an das leere. Gabriel und Mike sicherten die Ausrüstung, indem sie sie im Kanu festbanden. Und Elly sah sich um. »Seid ihr sicher, dass hier keine Krokodile sind?«, fragte sie besorgt.

»Ich bin hundertprozentig sicher, *dass* hier Alligatoren sind«, antwortete Matti.

Elly schrak zurück, und auch Mike wurde sehr mulmig zumute.

»Leute!«, wies Matti sie zurecht. »Wir sind im tropischen Regenwald! Wieso sollten ausgerechnet hier keine Alligatoren leben?«

»Und trotzdem wollen wir ins Wasser?«, hakte Elly nach. Es genügte ihr, dass sie schon einmal vor einem Kaiman hatte flüchten müssen. Sie brauchte diese Erfahrung kein zweites Mal.

»Wir *fahren* auf dem Wasser«, betonte Matti. »Und gehen nicht schwimmen. Im Kanu sind wir sicher.«

»Wirklich?«, hakte Elly nach.

»Ja!«, versicherte Matti ihr.

Sehr überzeugend klang das in Mikes Ohren nicht. Woher wollte Matti das so genau wissen? Aber schließlich blieb ihnen keine andere Möglichkeit. Würden sie zu Fuß weitergehen, hätten die Gangster es sehr viel leichter, ihnen nachzustellen. Andererseits …

»Wenn wir auf dem Fluss entlangpaddeln«, fragte Mike in die Runde, »sitzen wir da nicht wie auf einem Präsentierteller? Von jeder Stelle am Ufer kann man uns sehen und leicht verfolgen.«

Matti widersprach: »Es ist total schwer, direkt am Ufer entlangzugehen, an vielen Stellen sogar unmöglich. Ihr wisst doch, wie lange wir gebraucht haben, um endlich den Fluss zu finden. Bei den Indianern hätten wir ihn ohne die Frauen nie gefunden.«

»Aber die Gangster kennen sich aus«, wandte Elly ein.

Doch auch das Argument ließ Matti nicht gelten. »Die kennen sicher nur ihren einen Weg vom nächsten Dorf zu ihrem Lager. Sowie die von dem Weg abkommen, werden sie sich schnell verlaufen. Glaubt mir, auf dem Wasser gelangen wir am schnellsten und sichersten zu Menschen, die uns retten können.«

»Okay!«, sagte Elly. Aber es klang nicht sehr überzeugt.

Matti war fertig mit dem Zusammenbinden der beiden Kanus.

»Wir schieben erst das schwere Kanu mit der Ladung ins Wasser«, wies er die anderen an. »Dann das leere, in das wir sofort einsteigen. Ich ganz hinten, Mike ganz vorn. Wir beide paddeln. Elly und Gabriel sitzen in der

DER AMAZONAS (FLUSS)

Der **Amazonas** ist ein Gigant unter den Flüssen der Erde. Er hat das größte Einzugsgebiet, die größte Abflussmenge und die meisten Nebenflüsse weltweit. Von seinen Ursprüngen in den peruanischen Anden bis zu seiner Mündung überwindet er 5000 Höhenmeter und hat eine Länge von circa 6400 km. Damit ist er nach dem Nil der zweitlängste Fluss der Welt. Etwa die Hälfte seines Einzugsgebietes durchfließt er Brasilien, die andere Hälfte teilen sich Bolivien, Ecuador, Peru und Venezuela.

In der Regel hat er ein sehr geringes Gefälle. Darum wirken sich die Gezeiten bis 800 km von der Mündung entfernt aus. Streckenweise ist er bis zu 50 km breit, das andere Ufer ist also teilweise nicht zu sehen. Seine Breite liegt bis auf eine Ausnahme (bei Obidos) nie unter fünf Kilometern. Seine tiefste Stelle misst 100 Meter. Diese Ausmaße variieren je nach Niederschlagsmengen gewaltig. Abhängig von der Jahreszeit kann die Fläche, die er überdeckt, bis auf ein Dreifaches anwachsen.

An seinem Mündungstrichter an der brasilianischen Atlantikküste ist der Amazonas rund 250 km breit. Bis tief ins Inland, auf 1500 Kilometern Länge vom Atlantik aus, kann er mit riesigen Ozeanschiffen befahren werden.

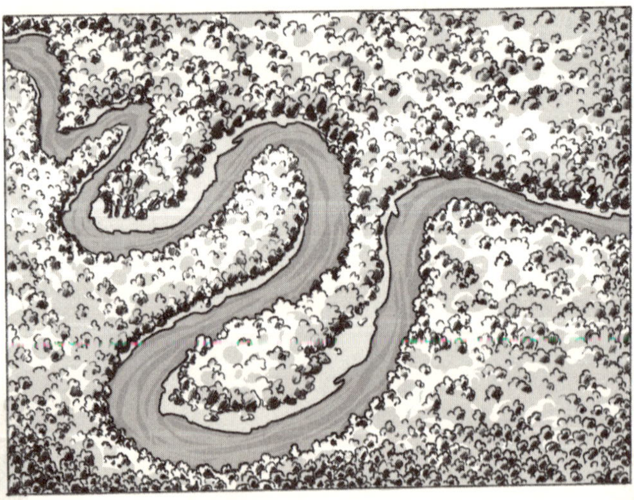

Im Amazonas fließen 20 % des gesamten Süßwassers der Erde. Man darf sich den Amazonas nicht wie einen herkömmlichen Fluss vorstellen. So überschwemmt er zum Beispiel jedes Jahr für mehrere Monate den Dschungel zu beiden Seiten auf einer Fläche bis zu 100 Kilometer. In dieser Zeit ist der Amazonas eher wie eine gewaltige Wasserlandschaft. Während der Überschwemmungsmonate verschwinden ganze Urwaldinseln unter den Wassermassen.

In der Regenzeit steigt der Fluss um bis zu 20 Meter an. Erst nach Monaten tauchen die Flussinseln bei sinkendem Wasserspiegel wieder auf. Dann werden auch weiße Sandstrände sichtbar, und es entstehen traumhafte Badeorte, die zur Regenzeit komplett unter Wasser liegen. Der Amazonas hat schätzungsweise 100 000 Nebenflüsse. Zehn von ihnen sind größer als der Rhein.

Im Amazonas und seinen Nebenflüssen wimmelt es von Fischen und Kleintieren aller Art. In allen Flüssen Europas zusammengenommen existieren gerade mal 150 verschiedene Fischarten. Allein im Amazonasbecken dagegen sind schon mehr als 2200 Arten bekannt. Und die Biologen sind sicher, dass noch viele weitere Arten bisher unentdeckt und unbekannt sind.

Das Wasser des Amazonas ist eine unersetzliche Lebensgrundlage für die Indianer sowie für alle Bewohner Amazoniens. Teilweise aber sind Nebenflüsse von Quecksilber verseucht oder völlig tot. Das Quecksilber stammt von den Goldsuchern. Sie verwenden es bei der Goldgewinnung.

Mitte. Und zwar Rücken an Rücken, damit einer von beiden immer sehen kann, was hinter uns passiert.«

Alle waren einverstanden.

Keine fünf Minuten später schwamm ihr Kanu auf dem Fluss, mit dem zweiten beladenen Kanu im Schlepptau.

»In welche Richtung?«, fragte Mike.

»In die!« Matti zeigte in die entgegengesetzte Richtung. »Wir müssen drehen!«

»Gegen die Strömung?«, fragte Mike.

»Ja!«, rief Matti ihm von seinem hinteren Platz aus zu, während er das Paddel ins Wasser stach, um das Kanu zu wenden. »Das ist die Richtung, in die wir mit dem Lkw gefahren sind. Dort müssten wir zu einem Dorf kommen.«

»Ist das hier eigentlich der Amazonas oder ein Nebenfluss?«, fragte Gabriel.

Niemand wusste es.

»Das ist der Fluss, der uns nach Hause bringt!«, behauptete Matti, um sich und den anderen damit Mut zu machen. »Mike, ich paddle zunächst auf der rechten Seite, dann musst du links paddeln, so halten wir das Boot am einfachsten gerade.«

»Okay!«

Mike sah zurück zum Ufer und atmete tief durch. In diesem Moment war weder etwas von den Banditen noch von irgendwelchen Krokodilen zu sehen. Hätte er nicht besser gewusst, in welcher Lage sie sich befanden, hätte es ein wunderschöner Sonntagsausflug sein können, so, wie er sich ihn gleich nach ihrer Ankunft in Brasilien gewünscht hatte. In Wahrheit aber wusste er nicht einmal, welchen Wochentag sie überhaupt hatten.

»Okay!«, spornte er sich selbst noch einmal an und stach mit aller Kraft das Paddel ins Wasser.

Eine Stunde lang fuhren die vier friedlich übers Wasser.

Bis Gabriel sich meldete: »Habt ihr auch Hunger?«

Mit der Frage sprach er Mike aus der Seele. Die ganze Zeit schon dachte er an die leckeren Ravioli, von denen sie mehrere Dosen aus dem Lkw mitgenommen hatten. Nur hatte er sich nicht getraut, sofort danach zu fragen. Wäre es nicht klüger, sie erst einmal aufzubewahren für Zeiten, in denen sie nichts zu essen fanden? Andererseits hatten sie seit dem Aufbruch mit den Indianern am frühen Morgen nichts mehr gegessen, und jetzt ging bald die Sonne unter. Wenn sie sich Nahrung besorgen wollten, wurde die Zeit dafür bereits knapp. Und wenn sie schon so köstliche Dinge dabeihatten, warum sollten sie sie nicht auch anbrechen?

Elly äußerte einen ähnlichen Gedanken.

»Nichts gegen die süßen Früchte«, sagte sie. »Aber die Ravioli wären schon mal eine geniale Abwechslung!«

»Finde ich auch!«, pflichtete Gabriel ihr sofort bei. Offenbar hatte auch Gabriel sofort an die Konserven gedacht.

Matti grinste breit. »Ich hab schon verstanden! Und ihr habt recht. Auch ich habe total Appetit auf Ravioli!«

»Hurra!«, brüllte Gabriel.

So laut, dass Matti sofort einen Finger auf seinen Mund legt und seinen Bruder ermahnte. »Pssst! Du weißt, wie weit hier Geräusche übertragen werden. Wenn du so brüllst, hören uns die Gangster vielleicht!«

Gabriel erschrak. Daran hatte er in diesem Moment nicht gedacht. Zu groß war seine Freude darüber, gleich nach langer, langer Zeit mal wieder warme Nudeln in Tomatensoße essen zu dürfen.

»Wir suchen uns eine passende Anlegestelle!«, schlug Matti vor. »Wo wir unser Nachtlager aufbauen können.«

»Da vorn!« Gabriel hatte etwas entdeckt: eine kleine Ausbuchtung am Ufer, zu beiden Seiten von langen, buschigen Ästen umrahmt, die weit ins Wasser hineinreichten.

»Das sieht gut aus«, lobte Matti. »Ich hoffe nur, wir kommen durchs Dickicht auch weit genug aufs Land, um ein Feuer machen zu können und das Nachtlager aufzuschlagen. Wir schauen uns das mal an.«

Matti drehte das Ruderblatt so, dass sie eine starke

Rechtskurve drehten und nun gerade auf die kleine Uferböschung zufuhren. Oben in den Bäumen begannen einige Äffchen, wegen der fremden Besucher aufgeregt hin und her zu springen. Um einfach abzuhauen, schienen sie dann aber doch zu neugierig zu sein. Mike, der im Bug saß, paddelte kräftig, doch Matti rief ihm vom Heck aus zu: »Lass gut sein, Mike. Das restliche Stück paddle ich allein!«

Mike zog sein Paddel aus dem Wasser. Matti bremste mit seinem etwas ab, um langsam das Ufer ansteuern zu können.

»Schaut euch genau um!«, forderte er die anderen auf. »Nicht, dass wir von einem unliebsamen Baumbewohner plötzlich überrascht werden.«

Mike verstand, was Matti meinte: Schlangen!

»Wir sollten vielleicht lieber eine Waffe parat haben!«, schlug Gabriel vor.

Matti bremste noch mehr ab. »Verdammt, du hast recht, Gabriel.«

Er legte sich sein Paddel über die Knie und zog mit dem Seil das zweite Kanu zu sich heran, bis es neben ihm andockte. »Gabriel, hol uns ein Gewehr und eine Pistole aus dem anderen Kanu.«

»Okay!« Gabriel beugte sich hinüber, griff in das zweite Kanu und suchte die zwei Waffen heraus. Fragend hielt er das Gewehr in die Höhe.

»Elly!«, antwortete Matti.

Elly wandte sich erstaunt zu ihm um. »Wieso soll ich das Gewehr nehmen?«

»Du bist unsere beste Schützin!«, behauptete Matti.

Elly verzog traurig das Gesicht. Nicht nur Mike, auch die anderen beiden verstanden sofort, woran sie dachte. Trotzdem sprach sie es aus: »Ich habe schon einmal einen Menschen erschossen. Kein zweites Mal!«

Jeder hatte die Szene noch sehr genau im Kopf, wie Elly bei einem Überfall der Gangster auf das Indianerdorf in Notwehr einen der Banditen erschossen hatte. Elly war überzeugt, den Mann getötet zu haben, wovon sie noch immer Albträume bekam. Die anderen versuchten immer wieder, ihr klarzumachen, dass sie den Mann keineswegs sicher tödlich getroffen hatte und er durchaus überlebt haben konnte. Sehr wahrscheinlich hatte er das sogar. Doch Elly weigerte sich, das zu glauben.

»Ich rühre kein Gewehr mehr an!«, stellte sie klar.

Doch Matti widersprach: »Sicher ist nur, dass du den Buschmeister erschossen hast, die giftigste Schlange hier in Amazonien. Du hast uns alle damit gerettet. Und dort am Ufer wird bestimmt keiner der Banditen auf uns warten, aber vielleicht Giftschlangen oder andere gefährliche Tiere. Und leider haben wir keine Blasrohre von den Indianern mitnehmen können. Also bitte, Elly. Nimm das Gewehr!«

Elly griff zögerlich nach der Waffe.

»Wir können sie sowieso nicht benutzen«, ergänzte Gabriel. »Nur im Notfall. Die Gangster sind noch zu nah und könnten uns hören.«

Elly zog blitzartig ihre Hand zurück. »Seht ihr? Also könnte hier doch einer sein. Und nachher erschieße ich aus Versehen noch einen!«

Matti seufzte laut. Manchmal könnte er seinen Bruder mit seiner vorlauten Klappe in den Boden rammen! Stattdessen sagte er: »Mensch, Gabriel. Red nicht solchen Mist. Wir sind über eine Stunde gepaddelt, und die Gangster sind mit dem Lkw in die entgegengesetzte Richtung in ihr Lager gefahren. Hier sind keine Banditen. Sonst würden wir hier nicht an Land gehen.«

Elly fasste neues Vertrauen und griff erneut zum Gewehr.

Aber Gabriel konnte seinen Mund nicht halten. »Gut, dann können wir mit dem Gewehr ja auch jagen!«

»Nein, können wir nicht!« Matti wurde allmählich ärgerlich.

Elly zog wieder ihre Hand zurück. »Nicht?«, hakte sie skeptisch nach. »Wieso nicht?«

»Weil wir Ravioli essen wollen«, antwortete Matti schnell. »Also, los jetzt. Nimm das Gewehr! Und gib mir die Pistole, Gabriel! Und dann ist Schluss mit der Debatte. Wir gehen jetzt an Land!«

»Okay!« Elly ließ sich endlich das Gewehr reichen.

Matti steckte sich die Pistole hinten in seinen Gürtel. Dann paddelte er langsam ans Ufer heran. »Spring raus, Mike, und zieh das Boot an Land!«

Mike sprang vorn über den Bug ins Wasser und – fluchte. Er hatte die Tiefe des Wassers vollkommen unterschätzt und landete nun bis zur Brust im Wasser.

»O verdammt!«, schimpfte er. »Wieso ist das hier so tief?«

»Regenzeit!«, erklärte Matti ihm. »Der Wasserpegel des Flusses ist enorm gestiegen.«

»Und das sagst du mir jetzt!«, meckerte Mike. Aber ihm war natürlich klar, dass er es selbst hätte wissen müssen.

»Woher soll ich wissen, dass du sofort losspringst?«, lachte Matti.

Mike schob sich durchs Wasser und zog das Kanu hinter sich her. Erst als ihm das Wasser nur noch bis zum Knie reichte, stiegen die anderen auch aus. Elly, die sich das Gewehr über den Rücken gebunden hatte, als Erste, danach Gabriel und als Letzter Matti. Gemeinsam zogen sie die beiden Boote an Land und schoben sie hinauf aufs leicht erhöhte Ufer.

»Wir lassen die Boote hier stehen und schauen uns erst mal um«, schlug Matti vor.

Wie sie gehofft hatten, war an dieser Stelle das Ufer

nur von weichen Büschen gesäumt, die sie gut beiseitedrücken konnten.

»Hier kommen wir auch mit unseren Booten gut durch!«, stellte Matti zufrieden fest.

»Aber wir müssen noch weiter! Wir wissen nicht, wie weit der Wasserpegel steigt, wenn es heute Abend wieder heftig regnet. Mir scheint, dort geht es ein Stückchen aufwärts.«

»Tut es!«, bestätigte Mike ihm und ging weiter voran.

»Hier!« Elly zeigte auf eine kleine Lichtung, die etwas rechts von ihnen gelegen war. »Ein guter Platz. Hier können wir übernachten.«

»Mike und ich holen das Kanu mit unseren Sachen«, schlug Matti vor. »Ihr beide könnt schon mal Holz suchen und ein Feuer machen.«

»Machen wir!«, versprach Elly. Ihre Antwort kam ganz selbstverständlich. Sie und Gabriel wussten genau, was sie zu tun hatten. In kürzester Zeit würde ein hübsches kleines Lagerfeuer an ihrem Nachtquartier brennen. Eine kleine routinemäßige Arbeit, über die weder Gabriel noch Elly viel Aufhebens machen würden. Mike dachte einen Augenblick daran, wie schwer ihnen diese Aufgabe unmittelbar nach ihrem Absturz gefallen wäre. Sie waren sich völlig hilflos vorgekommen, hatten mehr oder weniger intuitiv gehandelt, nur, um nicht über ihre schreckliche, aussichtslose Situation nachdenken zu müssen. An ihren ersten Versuchen, Nahrung ohne Topf zu kochen, waren sie schier verzweifelt.

Nach und nach hatten sie sich mit Hilfe von Mikes Survival-Buch und durch tägliche Übung die wichtigsten Fertigkeiten angeeignet, die man im Dschungel brauchte. Vieles hatten sie anschließend bei dem kleinen indigenen Volk gelernt, bei dem sie eine Weile gelebt hatten, und nun streiften sie mittlerweile selbst schon wie halbe Indianer durch den unermesslich großen Urwald Amazoniens. Feuer zu machen, sich ein Nachtlager zu bauen, sich unsichtbar zu machen, wenn sie verfolgt wurden, Tiere zu jagen, essbare Pflanzen zu erkennen und zuzubereiten, das alles ging ihnen locker von der Hand, ohne weiter darüber nachdenken zu müssen. Sie waren angekommen im tropischen Regenwald.

Mike hatte längst die Zuversicht, dass sie noch Wochen und Monate hier würden überleben können. Was nicht hieß, dass sie es wollten. Er hoffte innig, dass der Fluss sie baldmöglichst zu einem Dorf, zurück in die Zivilisation und nach Hause bringen würde. Mike verspürte wie die anderen Heimweh und Sehnsucht nach seinen Eltern und seinen Freunden. Aber er vermisste auch Davi und die anderen Jungs des indigenen Volkes, mit denen er gern noch eine längere Zeit verbracht hätte. Je weiter sie sich von den Indianern entfernten, desto mehr dachte Mike an sie als Freunde zurück, die er sehr gern bald mal wieder besuchen würde. Obwohl sie sie vor noch nicht einmal einem vollen Tag zurückgelassen hatten. Der Gedanke oder gar die Gewissheit, dass er sie wohl nie wiedersehen würde, stimmte ihn traurig.

»Was ist?«, fragte Matti und riss Mike damit aus seinen Gedanken. »Kommst du?«

»Ja klar!«, antwortete Mike. Er wandte seinen Blick von Elly und Gabriel ab, hin zu Matti und folgte ihm zurück zum Fluss, um das Kanu mit ihrem Gepäck und ihrem Proviant zu holen.

Mikes Appetit auf die Ravioli kehrte zurück. Allein die Aussicht, gleich gemütlich mit den anderen am Feuer zu sitzen und sich die guten Nudeln in Tomatensoße wie zu Hause warm zu machen, ließ ihm sofort das Wasser im Munde zusammenlaufen. Bis – sie die Kanus erreichten!

»Ach du Schreck!« Matti und Mike blieben entsetzt stehen.

Ihre beiden Kanus hatten die Aufmerksamkeit einiger Alligatoren erregt. Drei ausgewachsene Exemplare hatten sich um die Boote versammelt und begutachteten die eigenartigen, fremden Gegenstände. Mike wusste nicht, ob die Alligatoren die beiden Boote für seltsame Artgenossen hielten oder ob sie in dem Gepäck der Kinder irgendetwas gewittert hatten, das ihre

Aufmerksamkeit erregte. Vielleicht interessierten sie die Kanus auch gar nicht, und es war purer Zufall, dass sie einfach direkt vor und neben den Booten lagen. Tatsache war, dass Mike und Matti an ihre Ausrüstung und ihren Proviant nicht herankamen.

»Was machen wir denn jetzt?«, fragte Mike.

Matti wusste es auch nicht. Für ihn stand nur fest: »Auf keinen Fall dürfen wir unsere Ausrüstung aufgeben! Sie ist lebenswichtig für uns. Wir müssen sie uns zurückholen!«

Mike fiel da nur eine Möglichkeit ein: »Du willst die drei Krokodile erschießen?«

Matti schaute ihn an. Daran hatte er bisher gar nicht gedacht.

»Eigentlich nicht!«, sagte er, wobei er sich grübelnd auf die Unterlippe biss. Für Mike ein untrügliches Zeichen, dass Matti auch nichts Besseres einfiel.

Eine Pistole und das Gewehr, das Elly bei sich trug, waren im Moment so ziemlich das Einzige, was sie von ihrer Ausrüstung bei sich trugen.

»Das Problem ist«, begann Matti, »vermutlich liegen im Wasser noch mehr Alligatoren, die neugierig geworden sind. Wir können schlecht fünf, sieben oder zehn ausgewachsene Alligatoren erschießen! Erstens weiß ich gar nicht, ob wir gut genug zielen. Keine Ahnung, wie viele Treffer man landen muss, um so eine Riesenechse wirklich zu erlegen. Zweitens machen wir vielleicht dadurch erst auf uns aufmerksam, und sie greifen uns an. Und drittens ...«

»So viele Schüsse würde man meilenweit hören. Wir locken damit vielleicht die Banditen zu uns«, ergänzte Mike.

Matti nickte. Genau das hatte er gemeint.

»Und jetzt?«, kehrte Mike zur Ausgangsfrage zurück.

»Wir könnten sie fortlocken!«, schlug Matti vor.

»Und wie?«

»Indem wir ein anderes Tier erlegen. Einen Tapir oder so.«

»Wie willst du die Krokodile fortlocken, indem du einen Tapir ...?« Dann begriff er. »Oh! Du willst den Tapir den Krokodilen zum Fraß vorwerfen!«

»Genau!«

Mike verzog das Gesicht. Das würde eine unappetitliche Angelegenheit werden. Er hatte mal im Fernsehen gesehen, wie ein Schlangenzüchter seine Lieblinge mit lebenden Mäusen gefüttert hatte. Mike hatte damals schnell weggezappt, weil er das nicht mit ansehen konnte. Und dabei hatte die Schlange die Maus im Ganzen verschlungen und nicht in kleine Stücke zerrissen, wie ein Alligator es tun würde. Jetzt konnte Mike nicht umschalten. Im Gegenteil, er selbst würde die Raubtiere mit einem frischen Opfertier versorgen, einem deutlich größeren als einer kleinen Maus.

»Meinst du ...«, setzte er zögerlich zu einer Frage an, »... der Tapir muss noch lebendig sein?«

»Ich weiß nicht«, gestand Matti. »Ich vermute, es wäre attraktiver für die Alligatoren.«

»Mist!«, kommentierte Mike.

»Und wo kriegen wir jetzt so schnell einen lebenden Tapir her?«

»Suchen!«, antwortete Matti.

Und sie wussten auch, wie. Das war eines der Dinge, die sie von Davi und seinen Freunden gelernt hatten: den Kotspuren von Tapiren zu folgen.

Matti wollte zum Lager zurückkehren und Elly und Gabriel berichten, was sie vorhatten. Doch Mike hielt ihn zurück. »Elly wird etwas dagegen haben, einen Tapir als Köder zu verwenden. Das gibt wieder eine lange Diskussion, und in der Zeit haben die Alligatoren womöglich unsere Ausrüstung zerstört.«

Matti überlegte.

»Elly selbst war es, die einmal eine gefährliche Schlange erschossen hatte, als sich niemand von uns traute«, rief er Mike in Erinnerung.

»Das war etwas anderes«, wandte Mike ein. »Wir mussten spontan handeln. Da ist Elly sehr gut. Aber wenn sie anfängt zu grübeln ... Das gibt ellenlanges Gelaber. Und in der Zeit ...« Mike zeigte zu den Booten, um die sich mehr und mehr Alligatoren versammelten. Irgendein Geruch musste sie anziehen.

»Okay«, räumte Matti ein. »Allzu viel Zeit dürfen wir wirklich nicht verlieren. Also los.«

Er legte seine Hand auf die Pistole, die er in seinem Gürtel trug. »Die wird reichen. Ellys Gewehr brauchen wir wohl nicht.«

Sie hatten Glück und mussten nicht lange suchen. Bereits nach wenigen Metern hatten sie etwas Tapirkot gefunden, der noch frisch war.

»Mindestens einer ist in der Nähe.« Matti war sofort in einen Flüsterton verfallen.

Mike schaute sich um und stellte zufrieden fest, dass sie noch immer das Ufer mit ihren Booten im Blick hatten. Nicht auszudenken, wenn sie sich auf der Suche nach einem Tapir verlaufen würden. Er überlegte, ob er mit irgendetwas ihren Weg markieren konnte, um gleich wieder zurückzufinden. Doch in dem Augenblick, in dem er darüber nachdachte, hörten sie das typische Pfeifen eines Tapirs.

»Dort!«, glaubte Mike. Es war nach wie vor immens schwer, sich anhand eines akustischen Signals zu orientieren.

Doch dieses Mal stimmte Matti ihm zu. »Glaube ich auch!«, bestätigte er.

Normalerweise wären sie jetzt dem Pfeifton gefolgt. Doch da sie an einer frischen Kotstelle standen, zogen sie es vor, sich einfach in einem der Büsche zu verstecken. Sie hatten gelernt, dass Tapire oft zigmal denselben Weg vor und zurück liefen, wenn sie zum Beispiel ihren Partner oder ihre Partnerin suchten. Auch ihnen diente das Pfeifen als wichtige Orientierung – was ziemlich blöde war, fand Mike, da sie schlecht hörten. Mike und Matti hatten sich schon des Öfteren darüber amüsiert, Tapire beobachtet und sich dabei kaputtgelacht.

Jetzt schlugen sie sich in die Büsche und warteten. Wie sie es schon oft aus reinem Vergnügen getan hatten. Dieses Mal handelte es sich allerdings um eine ernste Angelegenheit. Sie mussten ihre Ausrüstung retten.

»Pst. Da kommt einer!«, flüsterte Matti.

Mike kauerte sich zusammen und bemühte sich, seinen Atem ruhig zu halten.

Tatsächlich bewegten sich ein paar Zweige in nicht allzu großer Entfernung. Kurz darauf trampelte ein ausgewachsener Tapir aus dem Busch heraus und blieb stehen.

Vielleicht versuchte er, sich zu orientieren, horchte nach dem Pfeifen eines Partners oder aber er witterte die Jungs. Wie auch immer, die Gelegenheit war günstig.

Der Tapir stand jetzt direkt vor ihnen!

Matti zielte mit seiner Pistole und schoss!

Nur ein einziges Mal.

Der Tapir brach zusammen.

»Getroffen!«, jubelte Mike.

Doch dann sah er genauer hin. Matti hatte den Tapir nur an der Hüfte erwischt. Der Tapir lebte noch. Er quiekte vor Schmerz.

Es ging Mike durch Mark und Bein. Das Tier zappelte, richtete sich auf, fiel wieder hin.

Mike sprang aus dem Busch hervor. »Los!«, rief er Matti zu. »Schieß noch mal!«

»Nein!«, antwortete Matti.

Mike blieb kurz stehen und schaute Matti verwundert an. »Wieso nicht? Du hast ihn nur angeschossen! Los, gib ihm den Gnadenschuss.«

Der Tapir zuckte und zappelte, richtete sich immer wieder auf, fiel wieder hin.

»Ich kann ihn nicht erschießen! Sieh ihn dir an, er ist ausgewachsen. Der wiegt gut seine zweihundert Kilo. Wenn er tot ist, können wir ihn nicht zu den Booten schleppen. Dafür ist er zu schwer.«

Mike starrte seinen Freund an. »Was hast du vor?«

»Er muss von selbst zu den Booten laufen. Wir müssen ihn dort hintreiben!«

»Das geht doch nicht! Wir können nicht ein schwerverletztes Tier vor uns hertreiben!«, klagte Mike.

»Uns bleibt keine Wahl!«, entschied Matti und lief sogleich brüllend auf den Tapir los, schoss dabei einmal in die Luft.

Das Tier schreckte auf, rappelte sich auf die Beine,

lief humpelnd ein Stück davon. Glücklicherweise in die richtige Richtung, sackte dann aber gleich wieder zu Boden. Doch Matti ließ es nicht in Ruhe, scheuchte es erneut hoch. In Todesangst hetzte das Tier weiter.

Mike stand nur da und hielt sich die Hände vor die Augen. Er konnte die grausame Hetzjagd einfach nicht länger mit ansehen.

Doch dann besann er sich. Es ging um ihr Überleben. Sie brauchten ihre Ausrüstung und ihre Boote zurück. Also mussten sie die Krokodile weglocken. Um jeden Preis!

Mike nahm die Hände vom Gesicht, schaute auf Matti, der weiterhin unbeirrt das angeschossene Tier vor sich hertrieb. Gerade wollte es zur Seite fliehen, was nicht passieren durfte.

Mike sprintete los, brüllte, sammelte hastig zwei, drei Steine vom Weg, warf sie auf den Tapir, traf, worauf das Tier umdrehte und wieder die richtige Richtung einschlug, zum Fluss, direkt auf die Krokodile und damit auf sein endgültiges Verderben zu.

Plötzlich erschallte ein Ruf von hinten: »Was tut ihr da?«

Mike wandte sich um und sah Elly und Gabriel auf sie zulaufen. Als Elly Mike erreicht hatte, fragte sie ein zweites Mal: »Was tut ihr da?«

Entsetzt blickte sie auf den blutenden, humpelnden, verletzten Tapir.

Mike wollte es gerade erklären, als Elly losbrüllte: »Matti, hör auf mit dem Scheiß! Was soll das?«

Mike versuchte nochmals, es seiner Schwester in aller Eile zu erklären. Es ging um ihr Überleben. Um ihre Ausrüstung! Um ...

Doch Elly hörte nicht hin.

»Was habt ihr mit dem armen Tier gemacht!«, schimpfte sie nur, riss sich das Gewehr vom Rücken, entsicherte es, lud es einmal durch, setzte zum Zielen an und schoss! So routiniert, so präzise, als hätte sie seit Jahren nichts anderes gemacht, als täglich auf Jagd zu gehen.

Mike war unfähig zu irgendeiner Reaktion. Er stand nur da und glotzte seine kleine Schwester fassungslos an.

Der Tapir kippte auf der Stelle um und rührte sich nicht mehr.

Nun drehte sich auch Matti um. Sein Gesicht war kreideweiß geworden.

»Hast du gerade direkt in meine Richtung geschossen?«, fragte er mit einer gefährlichen Mischung aus Wut, Entsetzen und purer Angst.

Elly überhörte ihn, stampfte entschlossen an ihm vorbei, um nachzusehen, ob sie das Tier wirklich erlegt hatte.

»Du hättest mich treffen können!«, schimpfte Matti. »Bist du total bescheuert?«

»Wer ist hier wohl bescheuert?«, giftete Elly zurück. »Wieso quält ihr das Tier, statt es zu erlegen? Habt ihr das etwa so bei Davi gelernt? Ihr solltet euch schämen!«

»Wir müssen die Krokodile weglocken. Den toten Tapir können wir nicht dort hinschleifen. Er ist zu schwer«, rechtfertigte Matti sich.

»Ihr wolltet den Tapir als Lockmittel benutzen? Dafür habt ihr ihn angeschossen?« Elly konnte es einfach nicht glauben.

»Es war die einzige Lösung!«, behauptete Matti. Er zeigte auf die mittlerweile acht, neun oder gar zehn Krokodile, die sich an ihren Booten zu schaffen machten.

Elly schaute Matti nur mitleidig an, schüttelte den Kopf, lud ihr Gewehr erneut durch und ging direkt auf die Krokodile zu.

»Elly!«, rief ihr Mike hinterher. »Was tust du da? Bist du verrückt?«

Seine Schwester ging weiter.

»Elly! Bleib stehen! Du kannst nicht zehn Krokodile erlegen!«

Sie hörte nicht, sondern ging bis auf zwei, drei Meter an die riesigen Reptilien heran.

Mike stockte der Atem. Auch Matti und Gabriel standen nur mit offenen Mündern da, unfähig, irgendetwas zu sagen und zu unternehmen.

Elly hielt das Gewehr in die Höhe und brüllte auf die Krokodile ein: »HEY! HEY! Haut ab! Hey!« Dann schoss sie dreimal in die Luft, worauf etwas geschah, das Mike nie für möglich gehalten hätte: Die Krokodile nahmen Reißaus! Mit einer unglaublichen Geschwindigkeit glitten sie panisch zurück ins Wasser.

In wenigen Sekunden waren alle Alligatoren verschwunden und betrachteten nur noch aus sicherer Entfernung aus dem Wasser heraus, was das kleine rothaarige Mädchen dort an dem Ufer trieb.

Elly drehte sich zu den Jungs um. »Jetzt lasst uns schnell die Boote ins Lager bringen. Ich weiß nicht, wann sie zurückkommen!«

»Wie ... Was ... Wo?«, stotterte ihr Bruder. »Woher hast du das gewusst?«

»Ich hab mal ein YouTube-Video aus Australien gesehen«, antwortete Elly. »Da hat eine Frau ein paar Krokodile verjagt, nur indem sie ihre Sandalen zusammengeklatscht hat. Da dachte ich mir, mit einem Gewehr müsste das doch erst recht funktionieren.«

Mike war mehr als beeindruckt.

»Und als mal der Kaiman hinter dir und Davi her war, wieso haben die Indianerjungs das nicht gemacht?«

Elly zuckte mit den Schultern. »Vielleicht, weil die weder YouTube noch Sandalen kennen!«

Mike grinste. Und er war mächtig stolz auf seine Schwester. Sie hatte allein die Horde Alligatoren verjagt und ihre Ausrüstung gerettet. Auch Matti war beeindruckt und sah ein, dass sein Plan ein dummer Fehler gewesen war. Es fiel Elly schwer, ihm zu verzeihen. Zu frisch hatte sie noch vor Augen, wie sehr der Tapir sich gequält hatte.

»Ich bin überhaupt keine Heldin«, stellte sie klar, während sie gemeinsam mit Matti, Gabriel und Mike das Boot mit der Ausrüstung zu ihrem Lager zog. »Aber als ich gesehen habe, wie sehr der Tapir litt, musste ich doch etwas tun! Das hätte auch verdammt schiefgehen können mit den Alligatoren.«

»Aber wieso bist du dann so mutig auf sie zugelaufen?«, fragte Mike.

»Ich weiß es nicht«, gestand Elly. »Plötzlich habe ich mich an das Video erinnert, und in der Aufregung und Wut über den verletzten Tapir habe ich gar keine Angst gespürt.«

»Adrenalin!«, erklärte Matti. »Der Botenstoff, der bei Aufregung entsteht, unterdrückt die Angst.«

»Na toll, du Schlaumeier«, giftete Elly ihn an. »Willst du damit sagen, euer blödes Verhalten hat in mir so viel von diesem Adre…dingsda produziert, dass ich glatt in mein Verderben gelaufen wäre?«

Matti nickte verlegen. »Wir haben ja schon zugegeben, dass unser Plan ein bisschen blöd war.«

»Ein bisschen blöd?«, schimpfte Elly. »Total bescheuert war der!«

Für einen Moment musste Elly das Boot absetzen.

Matti und Mike schauten sich bedröppelt an.

»Na ja«, beschwichtigte Matti dann. »Wir konnten nicht ahnen, dass deine Methode funktioniert.«

Elly packte schweigend wieder das Boot an, und die drei zogen weiter.

»Immerhin wird euer Plan uns einen köstlichen Grillabend bescheren!«, versuchte Gabriel, das Gute in der Sache hervorzuheben.

Doch Elly schaute ihn nur böse an. »Wie jetzt?«

»Der Tapir!«, sagte Gabriel. »Den können wir doch grillen!«

Matti und Mike fanden das einen guten Vorschlag.

Elly hingegen sträubte sich. »Ich soll das Tier, das ich gerade mit einem Gnadenschuss erlöst habe, auch noch essen?«

»Ja«, sagte Matti ganz sachlich. »Das machen alle Jäger so.«

»Ich bin aber …« … keine Jägerin, hatte Elly sagen wollen. Aber das stimmte nicht. Natürlich war sie hier in der Wildnis eine Jägerin geworden, um zu überleben. Sie war sogar die beste der vier Kinder.

Matti setzte auch noch nach: »Du hast die Krokodile verscheucht. Aber wenn wir den Tapir liegen lassen, werden sie zurückkommen. Besser, wir nehmen ihn mit und essen ihn. Dann lockt er keine Krokodile an, und er ist wenigstens nicht völlig sinnlos gestorben, weil er uns reichliche Mahlzeiten bescheren wird.«

Das überzeugte Elly, und sie willigte ein.

Auch, wenn das »Mitnehmen« des Tapirs sich als äußerst schwierig und unappetitlich erwies. Denn der Tapir war mit seinen rund 250 Kilogramm Gewicht zu schwer, um ihn wegzuschleifen.

»Der wiegt so viel wie drei erwachsene Männer«, erklärte Matti. »Es bleibt uns nichts anderes übrig, als ihn an Ort und Stelle zu zerteilen.«

»Dann lasst uns beeilen, erst die Boote, dann den Tapir«, schlug Mike vor.

»Okay!«, stimmte auch Gabriel zu. »Elly und ich können gleich das leere Boot holen. Und ihr ...«, erwartungsvoll huschte Gabriels Blick zu Matti und Mike, »... zerlegt den Tapir.«

»Schon klar«, sagte Matti lächelnd. Das war wieder typisch für seinen kleinen Bruder. »Sonst immer die große Klappe. Aber wenn's drauf ankommt ...!«

Zum Glück hatten sie dem Banditen das Jagdmesser abgenommen. Damit konnten Mike und Matti die Keulen des Tieres ablösen.

Mike wunderte sich, wie gut ihm das gelang. Eigentlich konnte er kein Blut sehen. Jetzt waren seine Hände bis übers Gelenk in Blut getränkt, aber es machte ihm nichts aus. Im Gegenteil: Wie bei den Indianern, als er das erste Mal erfolgreich mit einem Blasrohr einen Affen erlegt hatte, erfüllte ihn auch jetzt die erledigte Aufgabe mit Stolz. Es war falsch gewesen, den Tapir anzuschießen. Okay. Aber jetzt, da er tot war, hatten sie ihn »fachmännisch« zerlegt und für den Transport bereitgemacht. Der beinlose Kadaver ließ sich nun gut zum Lager schleppen.

Dort angekommen, betrachtete Gabriel mit skeptischem Blick die lange Blutspur, die der Tierkadaver hinterlassen hatte. »Vom Ufer bis hierher direkt zu uns führt jetzt eine lange Blutspur. Das ist wie eine Einladung an alle Raubtiere, zu uns zu kommen!«

»Verflucht, Gabriel hat recht!«, stimmte Mike ihm zu. »Und jetzt?«

»Kann man die nicht wegwischen?«, fragte Elly. Doch sie wusste selbst, dass das nicht möglich war. Die Tiere würden die Blutspur wittern, egal, wie sehr sie sich auch mühen würden. Was sollten sie jetzt tun?

»Vielleicht hätten wir den Tapir doch am Ufer liegen lassen sollen?«, überlegte Mike laut. Doch dafür war es nun auch zu spät.

Mike war betrübt. Obwohl sie so viel im Dschungel und bei dem indigenen Volk gelernt hatten, handelten sie doch manchmal nur wie kleine, junge Stadtkinder, die in der Wildnis alles falsch machen. Sein ganzer Stolz von vorhin, wie gut sie im Regenwald klarkamen, war dahin.

»Zumindest unser Feuer wird die Tiere abhalten«, versuchte Matti, auch etwas Positives zu sagen. Aber trotzdem: Blutspur blieb Blutspur.

»Es gibt eigentlich nur eine Möglichkeit«, sagte Elly schließlich. »Wir grillen das Fleisch, essen, und danach ziehen wir weiter. Was meint ihr?«

»Weiterziehen? Wohin?«, fragte Mike. »Wenn wir fertig gegessen haben, wird es stockfinster sein.«

»Dann müssen wir eben vorher umziehen«, antwortete Elly.

Mike verstand nicht.

»Wir bauen zwei Lager auf. Dieses hier ist unser Grillplatz, nur das Feuer und das Fleisch. All unsere Sachen aber verlagern wir – was weiß ich? – zweihundert Meter weiter oder so. Dort machen wir ein zweites Feuer, um die Tiere abzuhalten und um das Lager in der Dunkelheit wiederzufinden.«

»Super!«, lobte Matti. »Das ist echt die beste Lösung!«

Nur Mike und Gabriel verzogen die Gesichter.

»O Mann!«, stöhnte Mike. »*Ein* Lager aufzubauen macht schon so viel Arbeit.«

Elly warf ihm einen vorwurfsvollen Blick zu.

Mike winkte ab. »Schon gut«, sagte er. »Ich hab schon verstanden. Wir haben den Mist gebaut mit dem Tapir. Nun müssen wir die Suppe auch auslöffeln.«

Elly lächelte ihm zu, wurde dann aber sofort sehr

ernst. *Die Suppe auslöffeln.* Das hatte ihre Mutter immer zu ihnen gesagt, wenn sie etwas angestellt hatten.

Mike erkannte, woran seine Schwester dachte, und wurde ebenfalls auf einen Schlag sehr traurig. Ihre Mutter! Sie war bestimmt außer sich gewesen, als ihr Vater ihr die Nachricht vom Flugzeugabsturz übermittelte. Mike vermutete, dass sie sich sofort auf den Weg gemacht hatte und sich längst auch in Brasilien befand. Was mochten ihre Eltern dann wohl unternommen haben? Bestimmt hatten sie sofort eine Suchaktion gestartet. Vergebens. Oder vielleicht doch nicht? Was, wenn sie das abgestürzte Flugzeug gefunden hatten? In dem Fall wäre es doch klüger gewesen, sich nicht vom Wrack zu entfernen, sondern dort zu bleiben und zu warten. Dann wären sie jetzt gerettet gewesen, und alles wäre wieder gut. Zu Hause bei ihren Eltern! Als Mike daran dachte, verfluchte er ihre damalige Entscheidung, sich vom Flugzeug zu entfernen und es auf eigene Faust zu versuchen. Doch sofort fiel ihm auch ein: Was, wenn ihre Eltern das Flugzeug nicht gefunden hatten? Dann würden sie jetzt immer noch neben dem Wrack sitzen und vergeblich auf Rettung warten, die niemals kam. Denn wenn sie bis jetzt nichts gefunden hatten, hatten sie die Suche bestimmt eingestellt. Zu lange waren sie schon verschollen.

»Meinst du, die suchen uns noch?«, fragte Mike.

Elly war nicht verwundert über die Frage. Sie wusste, dass Mike erkannt hatte, woran sie gerade gedacht hatte und zog nur die Schultern hoch.

»Wenn sie das Wrack gefunden haben, werden sie vermutlich glauben, wir sind tot«, antwortete Elly. »Aber wenn nicht, dann werden sie die Hoffnung nicht aufgeben, dass wir irgendwo notgelandet sein könnten. Und dann werden sie uns weitersuchen.«

»Glaubst du?«, fragte Mike.

»Nein!«, ging Matti entschieden dazwischen. Er hatte das Gespräch der beiden mitbekommen. »Solche Suchaktionen werden von speziellen Rettungsmannschaften vorgenommen. Die suchen eine Zeitlang, dann stellen sie die Suche ein. Zu teuer, sie fortzuführen.«

»Zu teuer?«, empörte sich Elly. »Uns zu suchen?«

Matti nickte. »Wie lange sollen sie suchen? Du weißt, wie groß der Amazonas-Regenwald ist. Er geht über neun Staaten. So eine Fläche können sie schlecht komplett absuchen.«

»Das kann man sich ja wohl denken, dass wir noch in Brasilien sind. Oder meinst du, irgendjemand glaubt, wir sind bis Peru gelatscht?«

»Natürlich nicht«, antwortete Matti ruhig. »Aber geflogen. Angenommen, ich hätte das Flugzeug in den Griff bekommen. Zumindest für eine Zeitlang. Ich hätte doch erst mal versucht, den Flug zu stabilisieren, ohne darauf zu achten, in welche Richtung wir fliegen.«

»Aber du hättest doch die Instrumente bedienen können, das Navi, und uns zurückfliegen!«, behauptete Elly.

Matti schüttelte den Kopf. »Das Navi? Im Himmel gibt es keine Straßen. In der Tat gibt es ein Navigationsgerät. Ich hätte die Koordinaten unseres Ziels eingeben können …«

»Na also«, Elly fühlte sich bestätigt.

»… wenn ich sie gewusst hätte«, führte Matti weiter aus. »Tu ich aber nicht. Ich hab die Koordinaten vom Flugplatz in Manaus nicht im Kopf. Luiz kannte sich aus. Der ist manuell geflogen. Vielleicht wären wir irgendwo notgelandet, hätten aber keine Ahnung gehabt, wo wir sind. Genau wie jetzt. Wir sind vermutlich recht nah an unserem Zuhause. Aber das können unsere Eltern nicht ahnen!«

Mike stierte nachdenklich vor sich hin. »Also ist es richtig gewesen, vom Flugzeugwrack wegzugehen?«

»Natürlich!« Matti hegte da überhaupt keine Zweifel. »Hätte ich den blöden Lkw nicht in die Büsche gesetzt, wären wir vermutlich schon zu Hause. Jetzt müssen wir es eben per Boot versuchen!«

Elly und Mike nickten ihm zu.

»*Versuchen* ist ein gutes Stichwort«, sagte Elly und hoffte, damit ihre düsteren Gedanken abzulegen.

»Lasst uns das zweite Lager aufbauen, bevor es dunkel wird. Danach können wir gemütlich essen.«

Die anderen waren einverstanden, und so machten sie sich eifrig ans Werk.

Gabriel blieb am Feuer, um aus dem Tapirfleisch Steaks herauszuschneiden und aus Steinen einen Grill zu bauen. Elly, Matti und Mike trugen die Boote weiter, zu einer ebenfalls gut geeigneten Stelle, ungefähr hundert Meter von der ersten entfernt. Auch dort errichteten sie eine Feuerstelle.

»Haben wir eigentlich eine Plane?«, fragte Elly.

Sie wusste wie die anderen, dass es nicht mehr lange dauern würde, bis sich – wie jeden Tag – ein ergiebiger Platzregen über sie ergießen würde. Leider besaßen sie keine Plane mehr.

Doch Matti fiel ein: »Wir könnten die Plane des liegengebliebenen Lkws holen!«

Mike sah ihn skeptisch an. »Wenn die Banditen den noch nicht geborgen haben.«

»Glaube ich nicht«, sagte Matti. »Vielleicht haben sie ihren Kumpel, den wir niedergeschlagen haben, mittlerweile mit einem Jeep abgeholt. Aber einen feststeckenden Lkw zu bergen, dazu müssen die wohl erst einen Traktor besorgen oder so. Das könnte doch gut ein oder zwei Tage dauern. Wichtig war denen vor allem die Ladung mit den Laborgläsern. Den Lkw können sie später holen.«

»Okay!«, stimmte Mike zu. »Aber so eine große Plane wird auch sehr schwer sein. Meinst du, wir kriegen sie geschleppt?«

Matti nickte. »Wir können die Plane der hinteren Ladefläche abschneiden. Ich glaube nicht, dass die gesamte Plane eines Lkws aus einem Stück gefertigt ist. Wisst ihr das?«

Mike und Elly schüttelten die Köpfe.

»Selbst die hintere Plane allein wird zu schwer sein, um sie mitzunehmen. Wir können sie wahrscheinlich nur heute brauchen«, wandte Mike ein.

Doch Elly fand, es wäre einen Versuch wert. Sie legten das leere Boot umgekehrt wie einen Deckel auf das Boot mit der Ausrüstung, entfachten ein kleines Feuer und machten sich auf den Weg zum Lkw, den sie erstaunlich gut und schnell wiederfanden. Auch ihre Fähigkeiten, Spuren zu lesen, Wege zu finden und wiederzuerkennen, hatten sich seit ihrem Aufenthalt bei den Indianern merklich verbessert. In den ersten Tagen nach ihrem Absturz hätten sie sich hoffnungslos verlaufen und weder den Lkw noch ihre Lagerstätten jemals wiedergefunden.

Jetzt standen sie nach geschätzten dreißig Minuten wieder bei dem Lkw, den Matti so unglücklich im sumpfigen Boden gegen einen Baum gesetzt hatte. Schon mit dem ersten Blick erkannte Matti, dass die Plane tatsächlich aus einem Stück gefertigt war. Er sprang auf die Ladefläche, um mit der Arbeit zu beginnen. Ansonsten war die Ladefläche leer. Die Banditen hatten alles umgeladen. Elly kletterte ins Fahrerhaus. Hier hatten die Banditen nichts angerührt. Doch alles, was für die Kinder von Wert gewesen wäre, hatten sie schon mitgenommen. Lediglich eine halb leer getrunkene Limoflasche lag noch in der Ablage, ein paar gebrauchte Putzlappen und Taschentücher, die Elly gar nicht erst anfasste, sowie eine zerfledderte Illustrierte. Mit spitzen Fingern zog Elly das Heftchen aus dem Ablagefach, um zu sehen, ob darunter noch etwas lag, das man brauchen konnte.

Und würde fündig.

»Eine Lesebrille!«, rief sie. Zwar verbogen und schmutzig, aber die Gläser waren heil.

»Wieso?«, rief Mike ihr zu. »Brauchst du neuerdings 'ne Brille?«

»Ich nicht«, gab Elly lachend zurück. »Aber offenbar die Männer, die den Lkw gefahren haben.«

»Nicht schlecht!«, rief Mike ihr zu. »So eine Brille kann man gut als Brennglas nutzen!«

»Eben!«, antwortete Elly und steckte sie ein. Außerdem fand sie noch einen Schraubenzieher unter dem Sitz, ein Stück altes Band, aber durchaus noch reißfest, wie sie feststellte. Und hinter die Sonnenblende geklemmt: »Eine Sonnenbrille!«

Elly besah sie sich von allen Seiten und erkannte,

dass es sich sogar um eine teure Marke handelte. Dunkle, fast schwarze Gläser mit einem goldenen Gestell. Ein schwarzes hätte ihr besser gefallen, aber besser als nichts. Sie setzte sie sich auf, betrachtete sich im Außenspiegel des Lkws und befand, dass sie cool aussah. Auch wenn ihr die Brille ein bisschen zu groß war.

»Hey!«, rief Mike ihr von unten zu. »Das ist 'ne Männerbrille!«

Er streckte die Hand aus, weil er die Brille haben wollte. Doch Elly dachte gar nicht daran, sie abzugeben. »Such dir selbst eine. Wenn du eine Damenbrille findest, tauschen wir!«

»Mike!«, rief Matti von vorn. »Komm mal und hilf mir. Du musst mal halten!«

»Okay!«, rief Mike ihm zu und ging.

Nach etwa zwanzig Minuten hatte Matti es geschafft, ein ausreichend großes Stück von der Plane abzuschneiden. Er und Elly rollten sie zusammen, wobei Matti sich immer wieder die schmerzende Hand rieb. Das Abschneiden hatte doch mehr Mühe gekostet, als er gedacht hatte.

»Jetzt sollten wir aber auch zusehen, dass wir zurückkommen«, mahnte er. Es würde gleich dunkel werden, und der Regen ließ sicher auch nicht mehr lange auf sich warten. »Wir haben noch eine Menge zu tun.«

Elly und er trugen zusammen die Plane und stellten zufrieden fest, dass sie zwar nicht so leicht war wie erhofft, sich aber dennoch gut tragen ließ. Ohne Mühe fanden sie ihr zweites Lager wieder, hängten die Plane zwischen Bäumen auf, so dass sie einen halbwegs trockenen Schlafplatz haben würden, schauten noch einmal, ob die Boote unversehrt geblieben waren und machten sich auf den Weg, um Gabriel abzuholen. Mittlerweile hatten sie entschieden, das erste Lagerfeuer nur als Grillplatz zu nutzen, aber sich zum Essen bereits unter die Plane ihres neuen Lagers zu setzen. Denn die ersten Tropfen kamen bereits auf sie herunter.

»Hoffentlich hat Gabriel schon genügend Stücke fertig gegrillt«, sagte Matti. »Wir müssen uns beeilen, wenn wir nicht nass werden wollen.«

»Genug Zeit hatte er ja wohl«, sagte Elly.

Der Meinung war Mike auch. Schon der Gedanke an ein gegrilltes Steak ließ ihm das Wasser im Munde zusammenlaufen. Glücklicherweise hatten sie von den Indianern auch gelernt, welche Pflanzen man zum Würzen nutzen konnte. Und so stand ihnen ein gemütliches Abendmahl bevor. Mike musste nicht einmal verdrängen, dass es sich um Tapirfleisch handelte. Bei den Indianern hatte er mehrfach Fleisch gegessen, von dem er nicht gewusst hatte, woher es stammte. Er nahm fest an, dass manches Mal Tapir dabei gewesen war. Jedenfalls hatte ihm alles, was er bei den Indianern gegessen hatte, gut geschmeckt. Und so sah er keinen Grund dafür, dass es gleich bei seinem Tapirsteak anders sein sollte.

Als sie das Feuer erreichten, roch es schon köstlich.

»Hey, Gabriel, das größte Stück ist für mich!«, rief Mike. »Ich habe einen Bärenhunger!«

Dann blieb er stehen. Und schaute sich um.

»Gabriel?«

Wo ist Gabriel?

Gabriel war verschwunden. Elly, Mike und Matti standen an dem lodernden Feuer, über dem noch ein Spieß mit vier Stücken Fleisch hing. Am Rande des Feuers, auf der Glut, lagen heiße Steine, aus denen Gabriel einen Grill gebaut hatte. Darauf vier Steaks, die bereits gut durchgebraten waren.

Matti nahm den Spieß vom Feuer und betrachtete das Fleisch. »Es ist an einigen Stellen noch roh. Das heißt, Gabriel hat den Spieß eben erst draufgelegt.«

»Also ist er hier in unmittelbarer Nähe«, mutmaßte Mike. »Vielleicht ist er nur mal kurz pinkeln?«

Er legte die Hände wie einen Trichter vor den Mund und rief: »Gabriel?«

Keine Antwort. Nur ein paar Brüllaffen meldeten sich plötzlich mit einem ohrenbetäubenden Lärm.

»Mist!«, ärgerte sich Mike. »Wenn die Brüllaffen weiter so einen Krach machen, hört er uns nicht.«

»Aber Gabriel hört doch sonst immer alles«, erinnerte Elly die anderen.

Mike winkte ab. »Aber nicht bei dem Lärm!«

Die Brüllaffen schienen näher an ihnen dran zu sein, als Mike zuvor gedacht hatte. Der Krach nahm zu, und Mike hielt sich schon die Ohren zu, obwohl er an das Gebrüll mittlerweile gewöhnt war.

»In einigen Minuten hören die wieder auf«, vermutete Elly.

»Dann kann es für Gabriel schon zu spät sein, wenn er sich verlaufen hat«, erklärte Mike.

»Der rennt doch nicht allein durch den Wald!«, wandte Matti ein. »Er kennt die Gefahren!«

»Und wenn er gezwungen wurde abzuhauen?«, fragte Elly. Sie sah auf die Blutspur, die in der Abenddämmerung nur noch schwer zu erkennen war. »Vielleicht ist irgendein wildes Tier angekommen?«

»Dann wäre direkt am Feuer der sicherste Platz«, widersprach Matti. »Eher hätte Gabriel eine Fackel zur Abschreckung in die Hand genommen, als in den dunklen Urwald wegzulaufen.«

»Du meinst, die Banditen sind hier aufgetaucht?«, fragte Mike mit Entsetzen im Gesicht.

Auch Matti und Elly sahen sich ängstlich um.

»Gut möglich«, antwortete Matti. Seine Stimme hatte sich gesenkt und ging in einen Flüsterton über.

Erneute schaute Elly sich den Platz rund ums Feuer

sehr genau an. »Ich kann keinerlei Kampfspuren erkennen. Nicht einmal Fußabdrücke!«

Sie hockte sich hin, um den weichen, morastigen Boden noch besser untersuchen zu können, und fühlte sich bestätigt.

»Dann ist Gabriel vielleicht rechtzeitig abgehauen!«, hoffte Mike.

»Wir sollten hier auch verschwinden«, schlug Matti vor. »Wenn die Banditen wirklich in der Nähe sind, stehen wir hier wie auf einem Präsentierteller!«

»Und unsere Ausrüstung?«, fiel Mike erschrocken ein.

»Du hast recht!« Matti zog nachdenklich die Augenbrauen zusammen. »Aber wir müssen auch nach Gabriel suchen. Wir teilen uns auf. Ihr geht zur Ausrüstung. Elly, wenn irgendetwas ist, gibst du mit dem Gewehr einen Warnschuss ab. Ich habe die Pistole und mache es ebenso, während ich Gabriel suche.«

»Allein?«, fragte Elly.

»Wenn drei sich aufteilen, bleibt einer allein. Und ich bin der Älteste. Also geht schon«, antwortete Matti.

»Okay!« Gerade wollten sich Elly und Mike auf den Weg machen, als Elly hinauf auf einen Gelbbrustara zeigte, der in einer Baumkrone hockte. »Schaut mal! Das könnte Zico sein!«

»Was?« Matti schüttelte ungläubig den Kopf. »Das glaube ich nicht! So weit fliegen Aras nicht.«

GELBBRUSTARA

An der Brust und am Bauch ist das Gefieder des Vogels gelb. Das türkise Federkleid des **Gelbbrustaras** reicht vom Kopf über den Nacken bis zu seinen Schwanzfedern, die so lang sind, dass er auf eine Gesamtlänge von 80 – 90 cm kommt. Seine Wangen und die Augenpartien zeigen seine helle rosafarbene, faltige Wachshaut. Feine schwarze Federn betonen die gelben Augen. Der Schnabel ist schwarz und dient ihm als perfekte Kletterhilfe in den Baumkronen, seinem Lieblingsplatz. Der Gelbbrustara ernährt sich maßgeblich von Früchten, Nüssen und Beeren.

Paare fliegen gemeinsam oder sitzen eng beisammen und kraulen sich gegenseitig. Meist bleiben sie ein Leben lang zusammen.

Die Brutzeit ist nicht auf einen bestimmten Monat festgelegt. Das Weibchen brütet 26 Tage lang. Wie seine Artgenossen auch kann der Gelbbrustara bei der Eiablage aggressiv werden, dabei werden Eier oder Jungtiere aus dem Nest geworfen oder zerbissen.

In Freiheit schlafen und fressen Aras gern im Schwarm. Darum sollten sie auch möglichst in Gesellschaft gehalten werden.

Außerdem frisst er häufig Lehm, was nach neuesten wissenschaftlichen Erkenntnissen nicht der Mineralienaufnahme dient, wie einst vermutet wurde. Vielmehr wirkt die Erde als reinigendes Gegengewicht zu Pflanzengiften, die er mit seiner Nahrung aufnimmt.

»Es sei denn, wir sind gar nicht so weit von zu Hause fort, wie wir dachten«, sagte Elly.

Die drei schauten sich erstaunt an. Selbst Elly war von ihrer eigenen Überlegung überrascht. Erst jetzt, nachdem sie es ausgesprochen hatte, wurde ihr die Tragweite ihrer Idee bewusst.

»Du meinst …?«, hauchte Mike, beinahe schon ehrfürchtig. Er brach ab, weil er gar nicht fassen konnte, dass diese Möglichkeit wirklich existierte. Sie hatten keine Ahnung, wo sie waren. Also vielleicht tatsächlich schon sehr nah an ihrem Zuhause! »Das … das … wäre ja …!« Auch Matti musste erst seine Sprache wiederfinden. Dann traf er sogleich eine Entscheidung: »Wir müssen herausfinden, ob das wirklich Zico ist!«

Er legte den Kopf in den Nacken, schaute hinauf in den Baumwipfel und rief: »Zico! Hier! Zico!«

Leider nahm in diesem Augenblick der Regen zu, der mit tosendem Lärm auf die Blätter niederprasselte.

»Mist!«, fluchte Matti. »Vielleicht hört er mich gar nicht!« Trotzdem unternahm er gleich einen zweiten Versuch: »Zico!«

Der Papagei begann zu flattern.

»O nein!«, rief Elly. »Nicht, dass er jetzt wegfliegt!«

Doch der Ara blieb. Stattdessen kam ein zweiter angeflogen und setzte sich neben den ersten.

»Zico hatte doch kein Weibchen, oder?«, fragte Mike.

»Nein!«, antwortete Matti. »Aber das muss nichts bedeuten. Vielleicht ist er ja gerade deshalb von zu Hause fortgeflogen: um eines zu suchen? Denn eigentlich leben Papageien in Paaren und Familienverbänden. Ganz ähnlich wie wir Menschen.«

»Ich glaube nicht, dass das Zico ist.« Elly winkte ab, obwohl sie es ja gewesen war, die diese Idee überhaupt erst aufgebracht hatte. »Das wäre wirklich schon ein großer Zufall.«

Auch in den anderen Baumkronen ließen sich nun weitere Gelbbrustaras nieder.

»Ein ganzer Schwarm!«, rief Mike.

»Ein Familienverbund«, präzisierte Matti.

»Was tun die hier? Ich meine, die sind doch nicht wegen uns hier. Selbst wenn das Zico wäre!« Elly glaubte immer weniger daran. Doch dann:

»Habt ihr das gehört?«, fragte Matti, plötzlich wieder ganz aufgeregt.

»Was?« Mike hatte nichts vernommen.

»Er hat gesprochen!«, behauptete Matti.

Sofort waren die drei wie elektrisiert und starrten gebannt hoch in die Bäume.

»Bist du sicher?«, fragte Elly leise.

»Ja, ganz sicher!«, beteuerte Matti. »Seid mal ruhig!«

Der Lärm des Regens nahm weiter zu, und die drei mussten sich mächtig konzentrieren, um überhaupt etwas von den Vögeln hören zu können. Tatsächlich sagte der Papagei etwas, den sie besonders ins Visier genommen hatten!

»Da!«, rief Matti aufgeregt. »Habt ihr gehört?«

»Ich hab's nicht verstanden«, bekannte Mike.

»Er hat geflucht«, erläuterte Matti. »Auf Portugiesisch.«

»Portugiesisch?«, hakte Elly nach. »Zico hatte doch aber Deutsch gesprochen!«

»Zico spricht beides«, erklärte Matti. »Wie wir zu Hause eben auch beide Sprachen benutzen. Deutsch wegen meiner Eltern, Portugiesisch, na ja, ist klar: Weil wir in Brasilien leben.«

»Und flucht ihr denn auch zu Hause?«, fragte Elly weiter.

Matti grinste. »Natürlich! Allerdings nicht diesen Fluch!«

»Wieso?«, wollte Mike wissen. »Was hat er gesagt?«

»Puta merda!«, antwortete Matti.

Elly und Mike schauten ihn erwartungsvoll an. Aber Matti schwieg.

Dann erklärte er zögerlich: »Das ist ... unter Erwachsenen ein durchaus gängiger Fluch.« Er stoppte kurz und ergänzte dann langsam: »Also unter bestimmten Erwachsenen.«

Elly und Mike wussten sofort, was Matti damit sagen wollte.

»Du meinst, das ist garantiert nicht Zico, sondern ...«, fing Elly an. Ihr Bruder beendete den Satz: »... sondern ein Papagei, der einem der Banditen gehört!«

Matti nickte. »Und wir können nur hoffen, dass der nicht nach seinem Papagei sucht und ihm gefolgt ist!«

Er hatte recht. Das Lager der Banditen war nicht allzu weit entfernt. Und es würde auch nicht mehr lange dauern, bis sie zurückkehrten, um ihren leeren Lkw zurückzuholen. Die Papageien konnten sie als erste Warnung deuten, dass sie baldmöglichst von hier verschwinden mussten. Was im Prinzip auch kein großes Problem darstellte. Gleich am nächsten Morgen konnten sie ihre Sachen zusammenpacken und mit den Booten davonfahren.

Wenn nicht Gabriel noch immer verschwunden gewesen wäre.

Es war schon ziemlich dunkel geworden, und lange würden sie nicht mehr nach ihm suchen können. Höchstens noch eine halbe Stunde, schätzte Matti.

»Vielleicht ist er den Papageien gefolgt?«, kam Mike plötzlich in den Sinn. »Ich meine, wenn er genau wie wir gedacht hat, Zico gefunden zu haben?«

Matti kratzte sich nachdenklich am Kopf.

»Das könnte schon sein«, gab er zu. »Nur, was nützt uns das? Die Papageien sind jetzt hier, Gabriel aber nicht.«

»Dann ist Gabriel vielleicht noch da, wo die Papageien gerade herkommen?«, mutmaßte Mike.

Matti hielt diese Möglichkeit für nicht sehr wahrscheinlich. Dennoch war es die plausibelste Erklärung. Eine andere Vermutung hatten die drei nicht, und sie mussten sofort etwas unternehmen, wenn sie die halbe Stunde noch nutzen wollten, in der sie überhaupt noch etwas sehen konnten.

»Okay«, willigte Matti also ein. »Und woher kamen die Papageien?«

Elly zeigte zielsicher in eine bestimmte Richtung. »Von dort!«

»Sicher?«, fragte Matti nach.

»Sicher!«, bestätigte Elly.

»Okay!«, sagte Matti nach einem kleinen Seufzer. »Ich glaube nicht, dass unsere Chancen gut stehen, Gabriel auf diese Weise zu finden, aber im Moment ist es unser einziger Anhaltspunkt. Versuchen wir's.«

»Gemeinsam?«, fragte Mike. Ursprünglich hatten er und Elly ihre Ausrüstung sichern sollen.

»Wir haben ohnehin nicht mehr viel Zeit«, antwortete Matti. »Da kommt es auf die zwanzig oder dreißig Minuten, die wir unsere Ausrüstung allein lassen, auch nicht mehr an.«

Und so zogen sie zu dritt los in die Richtung, von der Elly ganz sicher meinte, dass die Vögel von dort gekommen wären. Sie kämpften sich einige Meter durchs tiefste Dickicht. Immer enger schlossen die Bäume, Büsche, Äste, Zweige, das Gestrüpp den Weg vor ihnen zu. An manchen Stellen mussten sie sich regelrecht hindurchzwängen. Doch dann plötzlich standen sie vor einer riesigen Felswand, wie sie sie bisher in diesem Dschungel noch nicht gesehen hatten.

Aber war es wirklich Fels ...?

»Was ist das?«, fragte Mike. Es sah aus wie ein Berg, der auseinandergebrochen und zur Hälfte in sich zusammengefallen war und nun sein Inneres offenbarte: brauner ... Sand? Obwohl, für Sand war es wieder zu fest. Auf der Spitze des »halben Berges« konnte man Vegetation erkennen. Dort also ging der Regenwald ganz normal weiter. Es wirkte, als wäre dem Wald an dieser Stelle einfach nur der Boden weggebrochen. An dieser braunen Wand klebten zig bunte Papageien in allen möglichen Farben, dass es nur so eine Pracht war.

Matti aber hatte so etwas schon einmal gesehen, wie er sagte.

»Und du auch!«, behauptete er gegenüber Mike.

Doch Mike konnte sich nicht erinnern. »Ich?«

Elly hingegen wusste, wovon Matti sprach.

»Aus dem Flugzeug heraus!«, erinnerte sie ihn. »Weißt du nicht mehr? Wir hatten einen Schwarm Aras gesehen, der an einer großen, teils begrünten Wand landete. Die Wand sah fast genau so aus wie die hier. Nur ist diese kahler.«

Mike erinnerte sich schwach. Er hatte in jenem Moment eine Harpyie beobachtet und immer wieder auf die fehlende Tür im Flugzeug geachtet, die ihm den ganzen Flug über Unbehagen bereitet hatte.

»Richtig«, bestätigte Matti. »Lehmlecken!«

»Bitte was?«, fragte Mike nach. Er glaubte, nicht richtig zugehört zu haben. Denn er hatte gerade »Lehmlecken« verstanden.

»Ja!«, lachte Matti. »Das hab ich auch gesagt. Papageien fliegen solche Lehmwände an, picken sich Lehmbrocken heraus und fressen sie.«

»Papageien fressen Lehm?«, fragte Elly verwundert. »Kriegen die sonst nicht genug?«

Mike hatte bereits sein Überlebensbuch gezückt, in dem auch eine Menge nützlicher und interessanter Informationen über die Wildnis standen.

»Und?«, fragte Matti. »Steht da was in deinem schlauen Büchlein?«

Mike nickte. »Hier! Lehm ist für die Papageien eine Art Medizin! Es hilft gegen Pflanzengifte, die die Papageien beim Fressen möglicherweise mit aufgenommen haben.«

»Echt?«, fragte Elly. »Und? Hilft das auch bei Menschen?«

»Teilweise ja«, antwortete Mike.

»Okay!«, sagte Elly. »Merke ich mir. Leider aber bringt uns das Gabriel nicht zurück.«

GEOPHAGIE: ERDE ESSEN

Die Wortherkunft aus dem Altgriechischen verrät, was **Geophagie** in der Wissenschaft bedeutet: geo (Erde) und phagein (essen), also Erde essen.

Viele Papageienarten, darunter auch die Aras im Amazonasgebiet, picken täglich zu Tausenden an bestimmten Flussufern, sogenannten Lehmlecken, Erde auf. Untersuchungen ergaben, dass die Erde in den bevorzugten Bereichen der Aras nicht wie erwartet besonders reich an Mineralien ist. Wissenschaftler fanden heraus, dass die spezielle Beschaffenheit der Ton- und Erdpartikel in den gewählten Zonen besonders dazu geeignet ist, die Bitter- und Giftstoffe, die von der pflanzlichen Nahrung herrühren, im Magen zu binden. Eine sehr einfache und bewährte Methode der Entgiftung.

In vielen, zum Beispiel afrikanischen, Ländern essen auch Menschen aus diesem Grunde Erde. Besonders Schwangere in Afrika nutzen dieses Wissen der heilenden Kraft der Erde. Stark lehmhaltige Produkte werden auch in Deutschland zur Darmreinigung empfohlen. Der sehr alte Spruch unserer Großeltern und Urgroßeltern »Dreck reinigt den Magen« findet in diesem jahrhundertealten Wissen seinen Ursprung.

Doch plötzlich …

»Hier bin ich!«

Elly, Mike und Matti schauten sich um. Gabriel lief winkend auf sie zu.

»Gabriel!«, rief sein großer Bruder. »Was um alles in der Welt tust du hier?«

Es war, wie die drei es sich schon gedacht hatten. Gabriel hatte einen sprechenden Papagei entdeckt, der genauso aussah wie Zico, war ihm zu der Lehmwand gefolgt und dort, fasziniert von dem Naturschauspiel, staunend stehen geblieben, während ihm »sein Zico« unbemerkt wieder davongeflogen war.

»Mann!«, schimpfte Matti – allerdings mit großer Erleichterung in der Stimme, seinen Bruder wiedergefunden zu haben. »Nicht auszudenken, was gewesen wäre, wenn der Papagei nicht zu unserem Lager zurückgekehrt wäre. Dann hätten wir dich ja nie wiedergefunden.«

»Tut mir leid«, entschuldigte sich Gabriel. »Aber ich hätte mich bestimmt nicht verlaufen. Ich durfte mir die Chance einfach nicht entgehen lassen, dem Ara zu folgen. Ich dachte echt zuerst, es wäre Zico!«

»Das können wir verstehen«, beschwichtigte Elly. »Wir haben das ja auch erst geglaubt.« Sie legte eine kleine Pause ein – und ergänzte dann: »Wäre ja auch zu schön gewesen.«

»Aber nur weil der Papagei nicht Zico ist, heißt

das doch nicht automatisch, dass wir noch weit weg von zu Hause sind«, versuchte Matti, neuen Mut bei seinen Freunden zu entfachen. »Vielleicht haben wir die ganze Zeit falsch gedacht und sind wirklich näher dran, als wir bisher ahnten?«

»Meinst du?« Mike schaute Matti hoffnungsvoll an.

Matti dämpfte Mikes Hoffnung ein klein wenig: »Ich weiß es nicht. Ich wollte nur sagen: Die Möglichkeit besteht. Bisher hatten wir es nie in Betracht gezogen.«

»Okay!« Elly klatschte in die Hände. »Morgen früh machen wir uns auf den Weg, und dann werden wir hoffentlich bald herausfinden, ob uns der Fluss nach Hause führt. Jetzt lasst uns aber schnell zurück zum Lager gehen!«

Die anderen waren einverstanden.

Eine Alternative gab es ohnehin nicht. Mittlerweile hatte es heftig angefangen zu regnen. Das war genau das, was die Kinder eigentlich hatten vermeiden wollen: In Sekundenbruchteilen waren sie bis auf die Haut durchnässt. Sie knipsten zwei Taschenlampen an und kämpften sich, so schnell wie sie irgend konnten, durch den dichten Dschungel zurück zu ihrem Lager.

Der Regen hatten Gabriels Grillfeuer gründlich gelöscht. Trotzdem waren einige Fleischstücke bereits durchgegart und auch noch warm, wenngleich auch total durchnässt. Den Kindern machte es nichts aus.

Sie nahmen alle fertig gegrillten Stücke mit und ließen den Rest einfach liegen. Auch wenn das Feuer nicht mehr brannte und selbst die Glut erloschen war, so roch die Stelle doch noch genügend nach Feuer, so dass wilde Tiere trotz des Fleischgeruchs noch eine Zeitlang Abstand halten würden.

Die Kinder schlugen sich weiter durch zu ihrer neuen Lagerstelle. Zufrieden nahmen sie zur Kenntnis, dass sie unversehrt geblieben war und das Feuer unter der Plane noch mit kleiner Flamme brannte. Schnell verkrochen sich die vier ins Trockene. Matti legte zügig ein paar Holzstückchen nach, um das Feuer erneut zu entfachen. Mike lief zu den beiden aufeinanderliegenden Booten, inspizierte sie gründlich und kehrte mit der guten Nachricht zurück, dass alles okay war. Gabriel legte ein paar Steine in die Glut und baute daraus schnell einen neuen kleinen Grill, auf dem er anschließend die Fleischstücke wieder erwärmte. Dann bauten sie aus Ästen behelfsmäßige Gestelle, zogen sich all ihre Kleidung aus und hingen sie zum Trocknen über die neuen wackeligen »Kleiderständer«. Nackt bis auf die Unterhosen, hockten sie sich rund ums Feuer, um sich zu wärmen und zu trocknen.

Noch vor gar nicht allzu langer Zeit hätte Elly sich gegenüber Matti und Gabriel niemals so entblößt gezeigt. Sie erinnerte sich, wie sehr sie sich geziert hatte, als sie vor deren Augen mit den Indianern schwimmen gegangen war. Dann aber hatten sie durch die Indianer ihre Scham immer weiter abgelegt. Jetzt hatten weder sie noch die Jungs irgendein Problem damit, sich voreinander auszuziehen. Schon gar nicht, weil es ohnehin keine vernünftige Alternative dazu gab, sich und die Kleidung zu trocknen.

Was sie hier draußen in der Wildnis überhaupt nicht brauchen konnten, war, dass noch einer von ihnen krank wurde. Schon eine normale Erkältung konnte zum Problem werden und erst recht etwas Schwerwiegenderes wie eine Lungenentzündung, Grippe oder Ähnliches. Elly hatte es einmal schwer erwischt, und das genügte ihr voll und ganz. Vielleicht wäre sie ohne den Schamanen des indigenen Volkes schon gar nicht mehr am Leben.

Elly hatte wie die anderen die Knie angezogen, die Arme um die Beine geklammert, den Kopf auf die Knie abgelegt und träumte vor sich hin. Würden sie wirklich schon bald zu Hause sein? Sie dachte an ihre Mitschüler zu Hause in Deutschland. Was sie denen alles erzählen konnte! Vermutlich würden die höchstens die Hälfte von dem glauben, was Elly tatsächlich erlebt hatte.

»Elly!«

Elly zuckte zusammen, erwachte aus ihren Gedanken und sah, wie Gabriel vor ihr stand und ihr ein Stück des gegrillten Tapirfleisches reichte. Elly überlegte einen Moment, ob sie tatsächlich zugreifen sollte.

»Wieso haben wir keine Ravioli aufgemacht?«, fragte sie. Auf die hatte sie sich doch eigentlich schon den ganzen Tag gefreut.

»Weil es Verschwendung wäre, die Dosen zu öffnen, wenn wir einen ganzen Tapir zum Essen haben«, erläuterte Matti. »Wir bewahren die Dosen für schlechte Tage auf, an denen wir sonst vielleicht nichts zu essen haben.«

Elly nickte. Das klang überzeugend. Aber das bedeutete zugleich, dass sie im Moment nichts anderes zu essen hatten als das gegrillte Fleisch.

»Haben wir nicht einmal Gemüse oder so? Vielleicht Maniokmus?« Elly vermisste schon jetzt den Brei, den die indigenen Frauen täglich frisch aus Maniokwurzeln zubereitet hatten. Der hatte ihr wirklich gut geschmeckt. Und sie hatte auch zugeguckt und gelernt, wie man ihn herstellte. Es war erheblich mühevoller, als daheim eine Tüte Kartoffelbreipulver aufzuschneiden, es mit Wasser und Milch zu vermischen, zu erhitzen und nach drei Minuten die Mahlzeit fertig zu haben. Hier musste man erst einmal die Früchte suchen, sie ernten, schälen, kleinschneiden, über einem offenen Feuer erhitzen, das man natürlich auch erst selbst entfachen musste, um dann den Maniok darin zu garen und mühevoll zu zerstampfen. Es dauerte ewig! Es schmeckte letztlich zwar weitaus besser als der Tütenbrei, aber Ellys Hunger war zu groß, um sich jetzt am finsteren Abend im Starkregen noch solchen Strapazen zu unterziehen.

»Danke«, sagte sie deshalb bloß, nahm von Gabriel das Stück Fleisch und biss herzhaft hinein.

Der Regen bot ihnen genügend Wasser zum Trinken. Aber an diesem Abend gönnten sie sich eine Dose Cola, die sie ebenfalls im Lkw gefunden hatten. Leider nur eine einzige, die sie sich zu viert teilen mussten. Und sie war auch viel zu warm. Für jeden blieb nur ein Schluck. Doch den genoss Elly. Sie behielt die prickelnde Limonade so lange auf der Zunge, bis die Kohlensäure entwichen war und sie nur noch den koffeinhaltigen Zucker schmeckte. Fruchtzucker bot ihnen der Regenwald in Hülle und Fülle. Aber dieses süße, klebrige Getränk schmeckte nach Stadt, nach zu Hause. Nach Heimweh! Elly schloss die Augen, während sie noch immer den einen Schluck Cola im Mund behielt. In Gedanken stellte sie sich ihren Schulhof vor, ihre Freundinnen, die letzte Klassenparty, auf der sie so viel Cola getrunken hatten, wie sie nur wollten. Heimlich natürlich, weil die Lehrerin im Auftrag der Eltern das Trinken von Cola verboten hatte.

Abenteuer!, dachte Elly. Ein Abenteuer war für Elly nun etwas ganz anderes geworden: täglich genug Regen als Trinkwasser aufzufangen zum Beispiel, mit einem indigenen Volk zusammen zu feiern, von einem Schamanen Substanzen verabreicht zu bekommen, gegen die eine Cola vermutlich völlig harmlos war, eine Giftschlange zu erlegen, vor einem Krokodil davonzuschwimmen und – einen Gangster zu erschießen!

Ungewollt schluckte Elly die Cola herunter, öffnete die Augen und riss sich somit aus ihren schönen Erinnerungen aus der Schulzeit, die wie von selbst wieder in düsterste Gedanken wechselten. Der Bandit! Sie hatte einen Mann erschossen! Sicher, sie hatte das getan, um einen Indianer, der zu ihrem Freund geworden war, zu retten. Aber trotzdem. Elly wurde die Bilder in ihrem Kopf nicht los, wie sie abgedrückt hatte und der Mann umgekippt war. Einfach so. Wie in einem Computerspiel. Aber der Mann war echt gewesen. Ein lebendiger Mensch, den sie einfach erschossen hatte.

Matti, Gabriel und Mike redeten ihr immer wieder gut zu und behaupteten, es wäre gar nicht sicher, dass der Mann wirklich gestorben sei. Die drei Jungs bildeten sich ein, der Mann wäre nur verletzt gewesen. Aber Elly glaubte das nicht. Sie war fest überzeugt, dass sie einen Menschen getötet hatte.

»Elly?«

Elly erwachte erneut aus ihren Gedankengängen, schaute auf.

Matti reichte ihr die Coladose. »Ist noch ein zweiter Schluck für dich drinnen! Willst du?«

»Danke!« Elly nahm die Dose und ließ die prickelnde Limo ein weiteres Mal auf ihrer Zunge zerfließen. Es war wie Weihnachten und Geburtstag zusammen, diesen Geschmack zu genießen, der sie an zu Hause erinnerte. Fernab vom täglichen Überlebenskampf hier. Elly aß ein zweites Stück Fleisch, bevor sie sich wie die anderen satt und den Umständen entsprechend zufrieden unter die Plane legte, um zu schlafen. Der Regen prasselte unvermindert heftig auf sie nieder. Aber inzwischen hatten sie gelernt, wie sie eine Plane fest aufspannen konnten, ohne dass sie vom Gewicht des Wassers heruntergerissen wurde. Die Plane war schräg genug aufgehängt, um den Regen unverzüglich ablaufen zu lassen. Sie hatten ihre Behälter, die sie sich bei den Indianern selbst gebaut hatten, mit genügend Wasser für den nächsten Tag aufgefüllt. Die Plane hing außerdem so tief, dass auch von den Seiten nicht zu viel Wasser unter die Abdeckung spritzte. So blieben alle vier einigermaßen trocken und konnten erschöpft einschlafen. Es war ein harter Tag gewesen. Und ein noch härterer würde folgen. In der Ferne rief der Papagei, der Zico so ähnlich schien, auf Portugiesisch ein gekrächztes *»Boa noite!«* durch den Dschungel, worauf ein paar Brüllaffen mit einem kurzen, aber lauten Gebrüll klarstellten, dass dies hier ihr Revier war.

Dann schlief Elly ein.

Auf dem Fluss

Mike wachte durch einen Brandgeruch auf. Im ersten Moment dachte er an das Lagerfeuer, das wohl noch vor sich hin kokelte. Er überlegte, aufzustehen und etwas Holz nachzulegen, damit das Feuer nicht ausging. So konnten sie Tiere von sich und ihrem übriggebliebenen Fleisch fernhalten.

Einen Augenblick wartete Mike ab, ob vielleicht auch einer der anderen schon aufgewacht war und diese Arbeit übernehmen würde. Dann hätte er noch ein paar Minuten liegen bleiben können. Doch er hörte nichts, was darauf hindeutete. Also hob er den Kopf, öffnete die Augen und stellte erstaunt fest, dass ihr Feuer gar nicht mehr da war. Direkt vor ihrem Schlafplatz, dort, wo das Lagerfeuer gebrannt hatte, hatte das Regenwasser alles überschwemmt. Wohlweislich hatten sie ihren Schlafplatz auf einem kleinen Hügel aufgebaut, der sich jetzt wie eine Mini-Insel aus dem

Wasser erhob, wenngleich auch nur um wenige Zentimeter.

Mike schaute hinüber zu ihren Booten, die noch an ihrem Platz festgemacht lagen.

Zum Glück! Das Wasser war nicht hoch genug gestiegen, um das vollbeladene Boot fortzuspülen. Trotzdem konnten sie hier nicht länger liegen bleiben. Zwar hatte es aufgehört zu regnen, aber möglicherweise konnte der Wasserpegel vom Fluss her dennoch weiter ansteigen.

Die anderen schliefen noch.

»Hey, Leute! Aufstehen!«, rief Mike in die Runde. Er saß aufrecht, mit leicht vorgebeugtem Kopf, um nicht mit dem Scheitel an die Plane zu stoßen. In dieser Haltung konnte er sich nicht umschauen, um herauszufinden, woher dieser seltsame Brandgeruch kam. Von ihrem eigenen, längst erloschenen, überschwemmten Lagerfeuer konnte er nicht stammen. Mike hatte sich seit einiger Zeit angewöhnt, zum Schlafen die Schuhe auszuziehen und neben seinem »Bett« hinzustellen. Er nahm sie, drehte sie kopfüber, schüttelte und klopfte sie kräftig, um Tierchen, die es sich in der Nacht darin möglicherweise gemütlich gemacht hatten, loszuwerden. Dann zog er die Schuhe an, krabbelte vorsichtig unter der Plane hervor und blieb so nah am Rand stehen, dass er nicht ins Wasser trat, trotzdem aber über die Plane hinweg sehen konnte.

Entdecken konnte er allerdings nichts.

Oder?

Auf der anderen Seite?

Ebenfalls nichts.

Das musste aber nichts heißen. Sein Blick reichte vielleicht zehn, zwanzig Meter, dann verlor er sich im dichten Grün des Dschungels. Er blickte hinauf in die Baumwipfel. Dort sprangen ein paar Kapuzineräffchen aufgeregt hin und her. Allerdings ohne panisches Geschrei, wie sie es bei einem sich nahenden Feuer vermutlich getan hätten. Andererseits schienen sie recht aufgeregt zu sein und sich alle in dieselbe Richtung zu bewegen: von dort weg, wohin Mike gerade schaute. Durch die Baumkronen hindurch erhaschte Mike einen Blick auf ein Stückchen blauen Himmels, vor dessen Hintergrund ein Schwarm Aras vorbeizog. War das einfach nur eine Familie, die genügend Erde an den sogenannten Lehmlecken gefressen hatte und nun weiterzog? Oder war es kein Zufall, dass auch sie sich in dieselbe Richtung davonmachten, in die auch die Affen flüchteten? Zwei Warzenschweine kamen aus einem Busch gerannt, zogen in einiger Entfernung an ihrem Lager vorbei und verschwanden wieder im Dickicht. Aber auch sie liefen in dieselbe Himmelsrichtung. Gefolgt von einem Tapir. Wieder sah Mike ein paar Vögel. Er konnte nicht genau erkennen, um welche Arten es sich handelte. Sie flogen nicht hoch über den Baumwipfeln vorbei, wie zuvor die Aras, sondern schossen geradezu quer durch die Baumkronen. Und zwar auch in jene Richtung, in die all die anderen Tiere getürmt waren.

Für Mike nun ein untrügliches Zeichen.

»Hey, Leute!«, rief er Matti, Elly und Gabriel zu. »Die Tiere fliehen vor etwas. Ich glaube, vor einem Feuer, das dort sein muss.«

Mike zeigte in die Richtung, aus der die Tiere kamen.

»Ein Feuer?« Elly stand als Erste bei Mike, ließ sich die Stelle zeigen, konnte aber nichts erkennen. Doch auch sie bemerkte den Brandgeruch.

»Brandrodung!«, lautete Mattis Vermutung.

Die anderen drei wussten sofort, was Matti ihnen damit sagen wollte. Die Banditen, deren Lager sich nicht allzu weit entfernt befand, waren mit ihren Arbeiten offenbar so weit vorgedrungen, dass die Feuerbrände unmittelbar näher rückten.

»Ich dachte, die produzieren Drogen«, sagte Mike. »Roden sie auch den Wald?«

»Offenbar brauchen sie größere Anbauflächen für ihre Pflanzen, aus denen sie die Drogen herstellen«, mutmaßte Matti. »Wie auch immer, jedenfalls rücken sie uns so nah auf die Pelle, dass wir zusehen sollten, von hier zu verschwinden.«

»Sowieso!«, stimmte Elly ihm mit Blick auf die steigenden Wassermassen um sie herum zu. »Hier können wir ja nicht bleiben. Schon einen Meter neben unserer Plane stehen wir bis zum Knöchel im Wasser.«

»Zum Glück haben wir unsere Sachen im Boot verstaut und zugedeckt.« Gabriel atmete auf. »Da ist alles trocken und heil geblieben.«

»Okay! Frühstück fällt aus, Leute«, wies Matti die anderen an. »Wir packen zusammen und hauen ab. Was essen und trinken können wir, wenn wir sicher in unseren Booten auf dem Fluss sitzen.«

»Einverstanden!« Gabriel und Mike begannen sofort damit, die Plane abzubinden. In jedem Campingurlaub hätten sie die Seile, mit denen sie die Plane an den Bäumen festgemacht hatten, einfach abgeschnitten. Aber hier waren die Seile zu wertvoll. Deshalb pulten die beiden mühsam jeden einzelnen Knoten wieder auf, auch wenn sie sich durch die Nässe äußerst fest zusammengezogen hatten. Elly und Matti drehten das leere Boot richtig herum, verstauten ihr restliches Hab und Gut im zweiten Boot und zurrten dort noch mal alles fest. Skeptisch warf Matti einen Blick auf die Raviolidosen.

»Eigentlich idiotisch, solch ein Gewicht mitzuschleppen«, sagte er.

Doch als Elly ihn entsetzt anschaute, beschwichtigte er sofort: »Schon gut: Ich hab ja auch Lust auf Nudeln. Ich meinte nur …«

Die Kanus zurück zum Fluss zu transportieren erwies sich als leichter, weil das Wasser so nah gekommen war, dass sie die Boote gar nicht mehr so weit tragen mussten, sondern durchs Wasser ziehen konnten. Um darauf zu fahren, war der Pegel allerdings noch zu niedrig. Alle paar Meter hätten sie sich im Wurzelwerk oder in Büschen verfangen oder wären auf Grund gelaufen. So mussten sie zu Fuß durchs teilweise knie-, teilweise nur knöchelhohe Wasser waten. Wobei ihre Füße immer wieder im morastigen Schlick stecken blieben.

»Passt auf, dass eure Schuhe nicht im Schlamm stecken bleiben!«, mahnte Matti. »Sonst sind sie weg, und ihr müsst barfuß durch den Dschungel laufen!«

Mike dachte an Davi und die anderen indigenen Jungs, die Schuhe gar nicht kannten. Sie wären mühelos barfuß durch den schlammigen, überschwemmten Dschungel gelaufen. Aber, so musste Mike einräumen, sie kannten auch nichts anderes und waren das Barfußlaufen von klein auf gewohnt. Er hingegen würde sich sicher schon nach wenigen Metern die Füße an irgendwelchen spitzen Wurzeln aufschlitzen. Daher achtete er penibel darauf, seine Schuhe nicht im Schlamm zu verlieren.

»HALT!«, rief Gabriel plötzlich, der das leere Boot hinter sich herzog. Elly, die von hinten schob, wäre fast ins Boot hineingefallen, so abrupt hatte Gabriel vorn gestoppt.

»Mann!«, schimpfte sie. »Was ist denn?«

»Eine Schlange!«, warnte Gabriel.

Elly schaute unwillkürlich in die Bäume, weil sie glaubte, eine giftige Schlange glitt von einem Baum herab, um sie von oben anzugreifen. Doch Gabriel zeigte auf die braune erdige Wasseroberfläche. »Die ist eben dort entlanggeschwommen! Direkt auf euch zu!«

Matti, der zusammen mit Mike das vollbeladene Boot zog, wich unwillkürlich zurück.

»Echt? Wo?«

»Da!«, zeigte Gabriel erneut. Aber auch er hatte die Schlange aus dem Blick verloren. »Giftgrün war sie.«

»Verdammt!«, fluchte Matti. »Los! Ab ins Boot!«

Mit einem einzigen Schwung sprang er ins Boot hinein, das daraufhin so sehr zu wanken begann, dass Matti womöglich gekentert wäre, wenn Mike es nicht geistesgegenwärtig fest- und in einer stabilen Lage gehalten hätte. Anschließend krabbelten auch Mike, Elly und Gabriel schnell ins Boot hinein.

»Was war das für eine Schlange?«, fragte Elly.

Mike zog die Schultern hoch. »Weiß ich nicht. Grün war sie, mit ein paar weißen Flecken auf dem Rücken.«

»So?« Mike hielt ein Bild in Gabriels Richtung, das in seinem Survival-Buch abgedruckt war. Gabriel konnte es aus seiner Entfernung nicht richtig erkennen. Er beugte sich leicht vor und sagte dann: »Ich glaube, ja.«

GRÜNER HUNDSKOPFSCHLINGER

Der **Grüne Hundskopfschlinger** *(Corallus caninus)*, auch unter der Bezeichnung Smaragdboa bekannt, ist eine Würgeschlange, die 180 – 250 cm, aber auch bis zu 300 cm lang werden kann. Die Schlange lebt in großen Feuchtgebieten und ist in den Regenwäldern und an Gewässern des Amazonasbeckens in Peru, Ecuador, Brasilien und in den Guyana-Ländern verbreitet. Der Hundskopfschlinger passt sich in seiner Farbe perfekt den Bäumen an, und sein ganzes Leben findet unbemerkt in ihren bewachsenen Astgabeln statt. Tagsüber schläft er, wobei sein Kopf auf seinem Körper ruht, welchen er mehrfach um den Ast geschlungen hat. Nur nachts geht er auf Jagd nach Beute. Der Hundskopfschlinger ist ein guter Schwimmer. Meist schnappt er jedoch seine Beute von einem Baum aus. Den Kopf zum Boden hängend fasst er mit seinen langen Zähnen zu, zieht die Beute (Frösche und Eidechsen, aber auch Vögel) ins Blattwerk hoch und erwürgt sie. Auf dem Waldboden trifft man ihn selten an.

»Dann war's ein … Grüner Hundskopfschlinger!«, las Mike aus seinem Buch vor.

»Hundskopfschlinger?«, wiederholte Elly. Das klang nicht gut, fand sie. Aber nun stellte sich heraus, dass ihre instinktive Reaktion, in die Bäume zu schauen, als Gabriel vor einer Schlange gewarnt hatte, genau richtig gewesen war.

»Wenn die Schlange jagt, streckt sie den Kopf hinunter und schnappt sich Beute, die sich direkt unter ihr befindet«, erklärte Mike mit Blick in sein Buch.

»Also ist sie giftig!«, schloss Elly daraus.

Doch Mike schüttelte den Kopf. »Nein, mit den Zähnen packt sie die Beute nur, zieht sie hoch zum Ast, auf dem sie liegt, umschlingt sie dort und drückt so fest zu, bis das Beutetier erstickt. Also eine Würgeschlange.«

»Gut!«, kommentierte Matti.

»Gut?«, fragte Elly. »Was ist daran gut, von einer Schlange erwürgt zu werden?«

»Wir sind bewaffnet!«, erklärte Matti. »Wenn dich eine Giftschlange beißt, kann man fast nichts machen. Aber wenn eine Würgeschlange dich packt, können wir sie töten und dich retten.«

»Wieso mich?«, hakte Elly nach.

»Das war doch nur ein Beispiel«, entschuldigte sich Matti. »Jedenfalls haben wir gegen eine Würgeschlange gute Chancen, den Kampf zu gewinnen. Also …«

»Was also?« Elly verstand nicht.

»Also können wir zurück ins Wasser und die Boote weiter zum Fluss ziehen«, erläuterte Matti. Und ließ seinen Worten Taten folgen, indem er selbst als Erster zurück ins Wasser sprang.

»Aber die Schlange …« Ängstlich schaute Gabriel auf die undurchdringliche, braune Wasseroberfläche. Nicht einmal ansatzweise konnte man erkennen, ob und was da im Wasser herumschwamm.

»Die Schlange ist nachtaktiv«, las Mike weiter aus seinem Buch. »Tagsüber hängt sie eigentlich nur auf einem Ast und schläft.«

»Die hier schlief aber nicht!«, entgegnete Gabriel entschieden.

»Dann wurde sie nur aufgeschreckt. Wahrscheinlich vom steigenden Wasser verjagt. Sie sucht sich einen neuen Platz und wird dort weiterschlafen bis heute Nacht!«, versprach Mike, obwohl er natürlich ebenso wenig Ahnung hatte wie Matti und alles nur aus seinem Buch gelernt hatte.

»Na, hoffentlich weiß das die Schlange auch«, konterte Gabriel und sprang nun als Letzter der vier wieder ins Wasser.

Sie schafften es ohne weitere Zwischenfälle, die Boote bis zum Fluss zu ziehen. Nachdem sie das vollgepackte Kanu mit einem Seil festgebunden hatten, um es wie einen Anhänger hinter sich herzuziehen, stiegen die Kinder in das leere Boot.

Matti setzte sich auf den hintersten Platz im Kanu, womit er die Aufgabe übernahm, zu steuern. Mike saß vorn und paddelte ebenfalls, während Gabriel und Elly, die beiden Jüngeren, in der Mitte hockten. Wie bereits zuvor saßen sie Rücken an Rücken, damit wenigstens einer schauen konnte, was hinter ihnen geschah, und sie ihr »Proviantboot«, wie sie es nannten, nicht aus den Augen verloren.

»Ist das hier eigentlich der Amazonas?«, fragte Mike.

»Wäre schön, wenn ich das wüsste«, antwortete Matti. »Von dem weiß ich nämlich, dass er von Westen nach Osten fließt. Wir müssten also nur der Strömung folgen und würden wissen, wohin wir fahren. Aber dies hier kann einer der unzähligen kleinen Arme des Amazonas sein, die in ihn hineinfließen oder auch von ihm kommen. Wir haben also letztlich weder eine Ahnung, wo wir sind, noch, wohin uns dieser Fluss führt.«

»In welche Richtung fließt denn die Strömung?«, fragte Elly.

Matti schaute hinauf in den Himmel, aber von der Sonne war nichts zu sehen. Es war wolkenverhangen und bedeckt.

»Mist!«, fluchte Matti. »Weiß jemand, auf welcher Seite die Sonne heute Morgen aufgegangen ist?«

Niemand hatte das mitbekommen. Und auch jetzt war nicht die Spur eines Schattens zu erkennen. In seinem Buch fand Mike nur Hinweise, wie man die Himmelsrichtungen anhand der Sonne bestimmen kann. Es gab zwar noch den Tipp, dass man sie in einem Wald anhand der Bäume herausfinden konnte, weil das Moos an den Bäumen meistens an der Nordseite wuchs. Aber das war in dem stets feuchten, durch die riesigen, dichten Baumkronen schattigen Regenwald schlecht möglich.

»Okay! Dann fahren wir auf gut Glück stromabwärts«, entschied Matti für die anderen. »Wenn wir die Richtung sowieso nicht bestimmen können, haben wir es so wenigstens einfacher.«

Hier, an ihrer Stelle allerdings, gab es nur eine äußerst schwache Strömung. Mike kam der Fluss fast eher vor wie ein See. Das konnte sich hinter der nächsten Biegung natürlich schon ändern. Aber zunächst paddelten sie im ruhigen Gewässer los.

Die dichte Wolkendecke brach auf, blauer Himmel kam hervor. Und da sie sich nun nicht mehr im Schatten dichter Baumkronen fortbewegten, sondern auf einem immer breiter werdenden Fluss, schien die Sonne direkt aufs Boot. Mike schloss die Augen, richtete sein Gesicht gen Himmel und genoss die wärmenden Sonnenstrahlen, die auch seine feuchtnasse Kleidung trocknen würden. Solange er die Augen geschlossen hielt, fühlte es sich an wie Urlaub. Wenngleich es nicht so roch. Zumindest nicht so, wie er Urlaub kannte: der Geruch von Sonnenmilch, Strand,

Meer und Eis. Es roch eher so, wie er es aus Gewächshäusern im Botanischen Garten kannte. Ein seltsamer Mix der verschiedensten, völlig unbekannten Pflanzengerüchen und feuchtwarmer Erde. Hier noch überlagert von dem erdigen, modrigen Geruch des Wassers, auf dem sie entlangfuhren.

Elly schaute sich um, ob es einen Platz gab, an dem sich ihr Shirt und ihre Hose gut trocknen ließen, dann entschied sie sich aber doch, beides anzubehalten. An ihrem Körper war der beste Platz zum Trocknen.

Mike erinnerte sie an etwas, das er schon einmal vor längerer Zeit aus seinem Survival-Buch vorgelesen hatte: Man sollte sich bei starker Sonneneinstrahlung ruhig mal eine halbe Stunde ganz ausziehen und sich die Sonne auf den nackten Körper scheinen lassen. Die heißen Sonnenstrahlen in Kombination mit einer leichten Brise Frischluft seien ein gutes Mittel gegen Parasiten, hatte dort gestanden.

Elly überlegte. Eigentlich war dafür hier, auf dem freien Fluss, der beste Platz. In all der Zeit im Dschungel hatten sie noch nie einen so schattenfreien Ort vorgefunden. Abgesehen von der Lichtung, dem zentralen Platz der Indianersiedlung. Aber obwohl sie die Einzigen gewesen waren, die Kleidung trugen, hatten sie sich zu sehr geniert, sich völlig auszuziehen – Parasiten hin oder her.

»Aber wohin dann mit unseren Klamotten?«, fragte

Elly. Ihr war es zu unsicher, sie einfach zwischen die Füße ins Boot zu legen. Sie hatte Angst, dass ihre gesamte Kleidung futsch wäre, wenn sie kenterten. Denn mehr als ihre zerrissene Hose und das Shirt besaß sie nicht.

Die anderen teilten ihre Angst nicht.

»Die Kleidung würde doch oben schwimmen, die kann man sich jederzeit wieder rausfischen!«, behauptete Gabriel. Als ob er es Elly beweisen müsste, zog er sein Shirt aus und legte es über die Reling wie über eine Wäscheleine.

»Das mache ich auch«, entschied sich Mike, legte sein Paddel vor sich, stieß dabei aber mit dem Holz gegen Ellys Schulter, die schnell nach links auswich, jener Seite, auf die sich aber auch Gabriel gerade verlagert hatte, weil er sein Shirt dort ausbreitete. Sofort bekam das Kanu merkliche Schlagseite.

Gabriel konnte sich gerade noch am Boot festklammern.

»Hey!«, rief er.

Auch Elly fiel weiter rüber zur linken Seite, als sie gewollt hatte, wodurch sich das Kanu noch stärker zur Seite neigte.

»Aufpassen!«, mahnte sie.

Matti wandte sich um. »Was macht ihr denn da?« Durch seine Bewegung verstärkte er das Schaukeln des Bootes.

»Hey!«, brüllte Matti. »Haltet das Gleichgewicht!«

»Was?«, fragte Mike, der gerade dabei war, das Shirt auszuziehen. Dadurch verlor er etwas die Orientierung und wankte ebenfalls rüber zur linken Seite.

»Voooorsicht!«, rief Matti. Hastig bemühte er sich, etwas Gewicht auf die rechte Seite zu legen, aber das reichte nicht. Die drei anderen schwankten auf der linken Seite. Das Übergewicht zog das Boot weiter in die Schräglage.

»Nicht!«, rief Matti noch.

Doch es war zu spät.

Das Kanu kenterte. Unter lautem Kreischen stürzten die vier Kinder ins Wasser.

Und mitten in das Geschrei hinein fiel – ein Schuss!

Mike sah nur sprudelnde Luftblasen und das aufwirbelnde brauntrübe Wasser um sich herum. Er erwartete, dass er wie im Schwimmbad sofort wieder auftauchen, sich kurz schütteln und dann wieder freien Blick und Luft zum Atmen haben würde. Aber da er kopfüber ins Wasser gestürzt war, hatte er die Orientierung verloren. Er hatte keine Ahnung, wo oben und unten war, ob er noch weiter sank oder schon Auftrieb bekommen hatte. In der Nähe nahm er so etwas wie eine schattige Bewegung war. Das konnte eine Lichtspiegelung gewesen sein. Vielleicht auch die strampelnden Beine seiner Schwester oder die von Gabriel. Oder aber doch der Schwanz eines Krokodils? Bei diesem Gedanken stieg

Panik in Mike auf. Er begann, wild mit den Armen zu rudern, um so schnell wie möglich an die Oberfläche zu kommen. Nur so schnell wie möglich auftauchen und versuchen, zurück ins Boot zu klettern! Das war seine einzige Chance. Oder? Vielleicht war es besser, sich nicht zu bewegen? Aber er musste atmen. Außerdem würde er es nicht aushalten, hier einfach ruhig und bewegungslos im Wasser zu treiben, während sich ihm ein Krokodil näherte. Nein, er blieb dabei: Hoch! Hinaus! So schnell wie möglich zurück ins Boot. Er spürte, dass er die Wasseroberfläche gleich erreicht hatte. Ein, zwei kräftige Züge noch, dann …

Dong!

Vor Schmerz zuckte Mike zusammen. Ein harter Schlag hatte ihn am Kopf getroffen. Wahrscheinlich war er gegen das Boot gestoßen. Er wusste es nicht. Ihm wurde schwummerig vor Augen. Instinktiv suchte er mit den Händen nach irgendeinem Halt. Es gab keinen. Er sah Sternchen, dann einen schwarzen Punkt vor seinen Augen, der größer wurde. Ihm wurde schlecht und schließlich völlig schwarz vor Augen.

Elly tauchte neben dem leeren Kanu aus dem Wasser auf. Mit einer Hand hielt sie sich daran fest, mit der anderen wischte sie ihr Gesicht frei. Schon tauchte neben ihr auch Matti auf.

»Was macht ihr denn?«, schimpfte er.

»Ich hab gar nichts gemacht!«, rechtfertigte sich

Elly. »Gabriel und Mike wollten ihre Kleidung zum Trocknen aufhängen und sind dabei ins Straucheln gekommen.«

Matti schüttelte verständnislos den Kopf. Und schaute sich um.

»Gabriel?«, rief er.

»Hier!«, kam von der anderen Seite des Bootes.

»Lasst uns schnell zurück ins Boot klettern!«, riet Matti. Er vermied es, den Grund zu nennen.

Der war den anderen ohnehin klar. Sie wollten keine leichte Beute für Krokodile oder giftige Wasserschlangen abgeben.

»Okay!«, antwortete Gabriel von der anderen Seite.

Matti schwang sich auf, um ins Boot zurückzuklettern, stützte sich ab und hievte sich bis zur Hüfte hoch.

»Mike?«, rief Elly. Sie schaute sich um wie zuvor Matti. »Wo ist Mike?«

In dem Moment hörte Elly ein Krachen, und unmittelbar neben ihrem Kopf zersplitterte der Kunststoff des Kanus. Im ersten Moment wusste Elly gar nicht, was los war. Erst als sie das Loch im Boot sah und den kleinen Riss, der von dort ausging, dämmerte ihr: »Hat da eben jemand auf uns geschossen?«

»Was?« Matti blieb in der Stütze, schaute zu Elly hinunter, die auf das kleine Loch in der Außenwand des Kanus deutete. »Hier!«

»Was …?«, wollte Matti erneut fragen, als ein weiterer Schuss durch den Wald hallte und mit einem knackenden Geräusch ein zweites Loch ins Boot riss.

Jetzt gab es keinen Zweifel mehr.

»Verdammt!«, fluchte Matti. »In Deckung! Unter Wasser!«

Er beugte die Arme und ließ sich zurück ins Wasser gleiten.

Elly holte tief Luft und tauchte mit dem Kopf unter. Dumpf nahm sie einen dritten Schuss wahr, und eine Kugel zischte dicht an ihr vorbei durchs Wasser. Panik stieg in ihr auf. Sie konnte immer noch nicht richtig glauben, was sie gerade erlebte. Da schoss jemand auf sie! Ganz gezielt! Wohin sollte sie in Deckung gehen?

In dem Moment zog jemand an ihrem Arm. Instinktiv riss Elly den Arm fort, wollte sich befreien, nach dem Angreifer treten, doch dann begriff sie, dass es nur Matti sein konnte. Als er erneut zupackte, ließ sie es geschehen. Matti zog sie mit sich, tiefer hinab. Elly unterstützte ihn, indem sie mit Schwimmbewegungen begann, genau in die Richtung, in die Matti sie zog. Nach zwei, drei Zügen begriff sie, was Matti vorhatte: Er wollte mit ihr unter dem Boot durchtauchen, zur anderen Seite, auf der Gabriel schon war.

Direkt neben ihm kamen sie an die Oberfläche. Vom Kanu geschützt, lugten jetzt ihre drei Köpfe nebeneinander aus dem Wasser.

»Auf dieser Seite sind wir erst mal sicher!«, behauptete Matti. »Wir müssen hier weg. Mit der Strömung schwimmen. Schnell!«

»Halt!«, stoppte Elly ihn. »Wo ist Mike?«

Matti sah sich um, konnte ihn nirgendwo entdecken.

»Mike!«, rief er.

Keine Antwort.

»Verdammt!«, fluchte er. »Wir können hier nicht bleiben. Die durchlöchern uns das Boot. Und irgendwann erwischen sie auch uns. Wir müssen abhauen!«

»Aber doch nicht ohne Mike!«, widersprach Elly.

»Schon klar!«, stimmte Matti ihr zu.

Sie saßen in der Klemme. Sie waren in höchster Gefahr, aber sie konnten Mike auch nicht einfach zurücklassen! Obwohl es das Logischste wäre. Doch das behielt Matti für sich. Was hatten sie immer gesagt? Entweder kamen sie *alle* durch oder keiner. Schon mehrmals hatten sie nach genau dieser Devise gehandelt. Im Sinne des eigenen Überlebens war es möglicherweise unlogisch oder sogar falsch. Doch Freundschaft zählte mehr als Logik. Sie mussten alles unternehmen, um Mike zu finden – selbst wenn es ihr eigenes Ende bedeutete.

»Bleibt hinter dem Kanu in Deckung und bewegt euch langsam stromabwärts«, wies Matti Gabriel und Elly an.

»Wir?«, fragte Gabriel. »Und was machst du?«

»Ich suche Mike!«, antwortete Matti.

»Was? Aber …!«, wollte Gabriel einwenden.

Doch da hatte Matti schon tief Luft geholt und war abgetaucht.

»Matti!«, rief Gabriel ihm mit bebender Stimme hinterher. »Bleib hier!«

»Das ist doch Wahnsinn!«, schimpfte Elly. Auch ihre Stimme zitterte. »Unter Wasser sieht der doch sowieso nichts! Nicht mal, wenn ein Krokodil sich nähert!«

»Und wenn er auftaucht, schießen sie!«, jammerte Gabriel.

Die beiden schauten sich ängstlich um, ob sie einen Alligator in der Nähe erspähten.

»Da!« Gabriel zeigte mit ausgestrecktem Arm stromaufwärts. Tatsächlich war eine Bewegung im Wasser zu sehen. »Ist das ein Alligator?«

»Oder ist das Matti, der Luft holt?«, fragte Elly.

Gabriel hielt seinen Arm, mit dem er auf die Bewegung im Wasser zeigte, immer noch ausgestreckt. Plötzlich krachte erneut ein Schuss ins Boot.

»Deckung!«, schrie Elly.

Beide zogen unwillkürlich die Köpfe ein.

»Die haben uns voll im Visier!«, warnte Gabriel.

»Ja!«, bestätigte Elly ihm. »Und da sie eben nicht dahinten hingeschossen haben, war das vermutlich nicht Matti!«

»WAS?« Gabriel riss vor Entsetzen den Mund auf. »Das … du … meinst …?«

Elly nickte mit bitterer Miene. »Das heißt, sie schießen nicht auf die Alligatoren, sondern nur auf uns!«

Gabriel wusste nicht, was ihm mehr Angst machte: dass gezielt auf sie geschossen wurde oder dass nach Ellys Meinung da gerade ein Alligator abgetaucht war – womöglich, um Kurs auf sie zu nehmen.

»Im Wasser sind wir den Alligatoren schutzlos ausgeliefert. Wir müssen ins Boot!«, schlug Elly vor.

»Im Boot schießen sie auf uns«, erinnerte Gabriel sie.

»Nicht, wenn wir uns flach hineinlegen«, behauptete Elly. »Die Kugeln durchschlagen die Bootswand nicht. Das hab ich vorhin auf der anderen Seite gesehen.«

»Da wäre ich nicht so sicher!«, widersprach Gabriel. »Vielleicht war das nur ein Streifschuss, aber wenn sie richtig auf uns zielen …«

»Dann dürfen sie eben nicht mitbekommen, dass wir im Boot liegen. Sie müssen immer noch denken, wir schwimmen hinter dem Boot!«, erläuterte Elly ihren Plan.

Gabriel schüttelte nur den Kopf und sah sich wieder nach dem Alligator um. Bestimmt würde der sie jeden Moment erreichen.

»Wie willst du das denn machen?«, fragte er.

»Ablenken und doppelter Schutz!«, antwortete Elly. Womit Gabriel nichts anfangen konnte. Was sollte das denn schon wieder heißen?

Elly erklärte es nicht weiter. Dazu blieb keine Zeit.

»Los, pack mit an!«, forderte sie Gabriel auf. »Wir schieben unser leeres Boot vor unser Versorgungsboot. Dann tauchen wir zurück und versuchen – im Sichtschutz des leeren Bootes –, von hinten ins Versorgungsboot zu klettern, ohne dass uns jemand sieht.«

»Aha«, sagte Gabriel nur. »Du meinst, das funktioniert?«

»Hast du eine bessere Idee?«

»Nein!«

»Na also!«

»Und Matti und Mike?«, fragte Gabriel.

»Hattest du nicht neulich bei den Indianern von *Feuerschutz* gesprochen?«, fragte Elly.

Gabriel nickte. Er erinnerte sich.

»Im Versorgungsboot haben wir Waffen!«, sagte Elly.

Gabriel verstand. Auch, wenn er sich nur schwer vorstellen konnte, aus dem Boot heraus eine Schießerei mit Profiverbrechern anzuzetteln.

»Also los!«, gab Elly das Kommando.

Mikes Weg zurück

Mike erwachte. Er musste ohnmächtig geworden sein. Als er wieder zu sich kam, hatte er keine Ahnung, wo er sich befand. Sein Blick ging nach oben in die Baumkronen. Und er erinnerte sich: Etwas Ähnliches hatte er schon mal erlebt. So war er nach ihrem Flugzeugabsturz aufgewacht. Mitten im Dschungel, verdreht, verletzt, die Augen nach oben in die Bäume gerichtet. Nur langsam war ihm ins Bewusstsein gerückt, wodurch und wie sie abgestürzt waren. So war es auch jetzt. Ihr ganzes Abenteuer zog vor seinem geistigen Auge im Schnelldurchlauf vorbei: der Absturz, der Aufbruch, die Begegnung mit den Drogengangstern, ihre Gefangenschaft und ihre geglückte Flucht aus dem Lager der Banditen, ihre Begegnung mit dem indigenen Volk, das Leben mit ihnen, der Überfall auf ihr Dorf, die erneute Flucht und dann – die Fahrt auf dem Fluss. Der Himmel über ihnen war zuletzt blau und frei gewesen. Wieso schaute er jetzt schon wieder in Baumkronen?

Mike wollte sich erheben. Aber das ging nicht. Er hatte sich zwischen Ästen verfangen und hing fest. Jetzt erst bemerkte er, wo er sich befand und was mit ihm geschehen war. Er hing im Uferbereich in einem dicht verzweigten Astwerk eines Baumes fest, der weit und flach über den Fluss hinausragte. Mikes Oberkörper schaute aus dem Wasser heraus, seine Beine hingen unter der Oberfläche in irgendeinem Gestrüpp fest. Vielleicht war er gar nicht mehr in dem eigentlichen Fluss, sondern in einem überschwemmten Teil des Waldes? Mike schaute sich um. Um ihn herum nur Gestrüpp und Gewächs, als hätte jemand eine grüne Höhle um ihn herum gebaut. Nur durch einen kleinen, halbrunden Ausgang hinter sich konnte er aufs Wasser, vermutlich den eigentlichen Fluss, hinausschauen. Über ihm, auf dem dicksten Ast, hockten zwei kleine Kapuzineräffchen, die ihn neugierig betrachteten. Fast schienen sie belustigt zu sein über den armen Fremden, der schräg in der Verästelung hing, wie ein k. o. geschlagener Boxer in den Ringseilen.

»Was gibt's da zu lachen!«, schnauzte Mike die Äffchen an. »Ruft lieber um Hilfe!«

Das war vielleicht wirklich keine schlechte Idee, fiel Mike ein. Wenn die Affen genügend Krach machten, würden seine Freunde vielleicht auf sie und damit auch auf ihn aufmerksam werden? Er überlegte, wie er die Äffchen zum Schreien animieren konnte. Dann allerdings stutzte er. Hatte er, als er ins Wasser gestürzt war, nicht gleichzeitig einen Schuss gehört? Ja, natürlich! Er erinnerte sich. Ganz sicher war das ein Schuss gewesen. Vielleicht war er durch einen weiteren Schuss sogar aus seiner Ohnmacht erwacht? Denn ihn überkam plötzlich das Gefühl, auch im Unterbewusstsein das Abfeuern von Waffen gehört zu haben. Oder war das nur ein Traum gewesen? Träumte man überhaupt in ohnmächtigem Zustand? Er wusste es nicht, zweifelte aber nicht mehr daran, tatsächlich Schüsse gehört zu haben. Und das bedeutete, die Gangster waren unmittelbar in der Nähe. Und zwar deutlich dichter, als sie es durch den Brandgeruch angenommen hatten. Vielleicht hatten die Schüsse sogar ihnen gegolten?

Mike zuckte regelrecht vor Schreck zusammen, als ihm dieser Gedanke in den Sinn kam. Auf keinen Fall würde er die Affen anregen zu schreien. Im Gegenteil: Sie sollten ruhig sein und ihm nicht die Gangster heranlocken. Mehr und mehr wurde Mike bewusst, dass seine Freunde möglicherweise in höchster Gefahr waren und vielleicht sogar schon …? Nein! Diesen Gedanken verbot er sich. Bestimmt waren seine Schwester und seine Freunde noch unversehrt. Das musste einfach so sein. Alles andere wäre so furchtbar …

Nein, das durfte auf gar keinen Fall sein. Er musste zu ihnen, so schnell wie möglich. Aber wie?

Er hatte keine Ahnung, wo er sich befand, wie lange er durch den Fluss getrieben war und hier ohnmächtig gelegen hatte. Vielleicht nur wenige Minuten? Vielleicht ein paar Stunden?

Nein!, mahnte Mike sich selbst. Kein Mensch blieb mehrere Stunden in Ohnmacht. So etwas dauerte immer nur einige Minuten. Andererseits: War es überhaupt eine Ohnmacht gewesen, oder war er regelrecht bewusstlos gewesen? So etwas konnte auch länger dauern, oder?

Es ergab keinen Sinn, länger darüber zu sinnieren. Er musste sich aufraffen und seine Freunde suchen. Sofort!

Mühsam pulte Mike sich aus dem Geäst, in dem er sich verfangen hatte. Plötzlich jagte ein brennender Schmerz durch sein rechtes Bein. Er hob es aus dem Wasser und schaute auf seine hässliche alte Wunde, die er sich beim Flugzeugabsturz zugezogen hatte und die jetzt, nachdem sie bereits so schön verheilt gewesen war, wieder aufgerissen war.

»Mist!«, fluchte Mike. Zum Glück aber blutete die Wunde nicht besonders stark, sie brannte nur höllisch. Aber auch für Schmerz blieb keine Zeit. Mike befreite sich ganz und gar aus dem Gestrüpp, stand nun bis zur Brust im Wasser und überlegte, welchen

Weg er gehen sollte. Er war bewusstlos gewesen, also konnte er nur mit der Strömung getrieben worden sein. In dieselbe Richtung hatten sie auch mit den Kanus fahren wollen. Mike ging fest davon aus, dass seine Freunde sich nicht ohne ihn auf den Weg machen, sondern dort warten und ihn suchen würden, wo er über Bord gegangen war. Also lag er stromabwärts vor ihnen, folglich musste er stromaufwärts zurück, um auf seine Freunde zu treffen. Gegen den Strom zu schwimmen war aber zu anstrengend. Ein Boot oder etwas Ähnliches hatte er nicht zur Verfügung. Also musste er zu Fuß am Ufer entlang. Und zwar vermutlich bis dorthin, wo die Schüsse gefallen waren! Mit anderen Worten: Es konnte verdammt gefährlich werden.

Mike trug zum Glück noch seine Hose und Schuhe. Sein Oberkörper war frei, weil er sein Hemd im Kanu zum Trocknen ausgelegt hatte. Die Tarnung, die die Kinder angelegt hatten, als die Gangster nach ihrem Lkw gesucht hatten, war weitgehend vom Regen und vom Flusswasser abgespült. Mike entschied sich, sie erneut aufzutragen. Er watete so weit aus dem Wasser heraus, bis es ihm nur noch bis zu den Knöcheln reichte. Dann griff er in den nassen, matschigen Boden und rieb sich komplett mit dem Schlick ein, auch das Gesicht. Das war nicht nur gut als Tarnung: Die dicke Matschschicht bot ihm auch einen guten Schutzschild gegen stechende Insekten und wirkte als natürlicher Sunblocker.

Als er fertig war, sich einzuschmieren, konnte er sich bildhaft vorstellen, wie er nun aussah: wie eine Moorleiche oder ein Zombie, der soeben aus dem Grab hervorgekrochen kam. Vielleicht gar nicht mal so schlecht, wenn ich tatsächlich einem der Gangster begegnen sollte, dachte er bei sich. Obwohl er sich natürlich fest vornahm, sich auf keinen Fall blicken zu lassen.

Das Gute war, dass er sich nicht verlaufen konnte, solange er den Fluss im Auge behielt. Das Schlechte war, dass die Uferböschung nahezu undurchdringlich bewachsen und zu weiten Teilen überschwemmt war. Dadurch blieben ihm nur zwei Möglichkeiten: einen großen Umweg durch das Landesinnere zu machen, weiträumig um die Überschwemmung und den dichten Bewuchs herum, aber immer in der Gefahr, den Fluss aus den Augen und damit seine Orientierung zu verlieren. Oder er ging im Gegenteil in den Fluss hinein und versuchte, halb schwimmend, halb sich an dem übers Wasser ragenden Geäst entlanghangelnd, vorwärtszukommen. Auf diesem Weg allerdings bestand die Gefahr, zur leichten Beute von lauernden Alligatoren zu werden. Mike überlegte einen Augenblick und erinnerte sich daran, wie Elly einen Alligator verjagt hatte: durch lautes Klatschen und Rufen. Das könnte er vielleicht auch machen, wobei er natürlich aufpassen musste, sich damit nicht den Gangstern gegenüber bemerkbar zu machen.

Mike entschied sich für den Weg entlang des Wassers.

Bevor er losging, sammelte er ein paar größere Holzstücke und warf sie einige Meter vor sich ins Wasser, um eventuell verborgene Tiere aufzuscheuchen.

Nichts geschah, außer dass zwei Vögel aus einem Gestrüpp aufgeregt emporflatterten.

»Okay!«, sprach Mike sich selbst Mut zu. »Dann wollen wir mal.«

Vorsichtig einen Fuß vor den anderen setzend, watete er durchs Wasser, wobei er sich gleichzeitig an über ihn hinausragenden dicken Ästen festhielt. Nicht, ohne sich vorher zu vergewissern, dass er auch wirklich nach Ästen griff und nicht versehentlich nach irgendwelchen gut getarnten Schlangen.

Kaum hatte er die ersten Schritte getan, waren die beiden Äffchen wieder da, die er anfangs verscheucht hatte. Mike schaute zu ihnen hinauf. Sie wirkten, als hätten sie gerade eine Wette laufen, ob Mike eher durch einen Alligator oder durch eine Schlange getötet werden würde.

»Das könnte euch so passen!«, zischte er den Äffchen zu. »Ich werde mich nicht erwischen lassen: weder von einem Alligator noch von einer Schlange, und schon gar nicht von den Gangstern!«

Entschlossen ging er die nächsten Schritte.

Und fuhr vor Schreck zusammen!

Direkt vor ihm sprang mit einem Mal ein Alligator aus dem Wasser! Mike quiekte auf und wich unwillkürlich einen Schritt zurück.

Erst dann begriff er, dass er gar nicht gemeint war.

Der Alligator hatte sich mit einem einzigen mächtigen Satz einen Tapir geschnappt, der völlig unbekümmert auf einem kleinen Schlammhügel gestanden hatte, um aus dem Fluss zu trinken. Der Tapir hatte sich so gut im dichten Grün versteckt, dass Mike ihn überhaupt nicht gesehen hatte. Ebenso wenig wie den Alligator, der sein quiekendes Opfer jetzt ins Wasser zog und ihn mit dem Maul hin und her schleuderte, bis der Tapir in der Mitte halb auseinanderriss und das hungrige Krokodil mit seiner Beute unter Wasser verschwand. Kurz darauf tauchte es an anderer Stelle wieder auf und verschlang das Tier von der Größe eines Ferkels mit zwei kräftigen Bissen.

Mike konnte weder hin- noch wegsehen. Sein Herz pochte wie verrückt, weil er sich bildhaft vorstellte, dass vielleicht *er* das Opfer geworden wäre, wenn der kleine Tapir nicht gerade zu diesem Zeitpunkt Durst bekommen hätte. Dabei hatte er doch wie mit Luchsaugen aufgepasst, dass auf seinem Weg keine Gefahr lauerte. Von wegen!

Aber es war klar: Auch die Beutetiere waren ständig

auf der Hut. Da mussten sich die Raubtiere schon geschickt anstellen, um nicht bemerkt zu werden. Und der Alligator war eben ein guter Jäger, das musste man ihm lassen.

Mike blieb stehen und überlegte, ob er diesen Weg wirklich weitergehen sollte. Schon fünfzig oder hundert Meter weiter konnte der nächste hungrige Alligator auf der Lauer liegen. Oder eine Wasserschlange von unten angreifen oder … oder …

Mike ermahnte sich, nicht hysterisch zu werden. Er erinnerte sich an das kleine indigene Volk, bei dem sie gelebt hatten. Dort hatten sogar die kleinen Kinder vergnügt im Fluss gebadet, ohne Angst vor Krokodilen. Wenn eines kam, waren sie schnell abgehauen. Das sollte ihm doch wohl auch gelingen. Mike entschied sich, dass er im Zweifel eher Indianer als Tapir sein wollte. Er würde schon auf sich aufpassen.

Wieder ging sein Blick hoch zu den beiden Äffchen, die offenbar mit ihm wanderten und ihn nicht aus den Augen ließen.

»Steckt euch eure Wette in den Hintern!«, rief er ihnen zu. »Ich werde es schaffen. Klar?«

Die Äffchen wippten aufgeregt mit ihren Köpfen, als hätten sie ihn verstanden. Dann pflückten sie sich ein paar Früchte von dem Baum, auf dem sie saßen, und kauten sie genüsslich, als säßen sie auf der Tribüne eines Stadions. Als Mike das sah, verspürte er auch Hunger. Doch er wollte nicht noch mehr Zeit verlieren. Lieber schnell die anderen finden, um dann gemeinsam mit ihnen etwas zu essen. Vielleicht waren sie gerade dabei, die Ravioli aufzuwärmen. Allein bei dem Gedanken lief Mike schon das Wasser im Munde zusammen.

Quatsch!, schimpfte er mit sich selbst. Die anderen würden sich doch nicht zum gemütlichen Essen versammeln, solange sie ihn nicht gefunden hatten. Sie suchten ihn bestimmt seit geraumer Zeit verzweifelt.

Mike schaute hinauf in den Himmel. Taghell und noch immer schönster Sonnenschein. So lange war er also noch nicht fort von den anderen. Weder dämmerte es, noch zogen sich die Wolken zum täglichen Regen zusammen. Vielleicht war es noch nicht einmal eine halbe Stunde oder so her, dass er über Bord gegangen und ins Wasser gefallen war. Diese Aussicht gab ihm neuen Mut. Voller Zuversicht machte Mike sich wieder auf den Weg. Da hörte er, wie zwei Schüsse durch den Wald hallten.

Rettung?

Elly hatte es geschafft, in der Deckung des leeren Kanus unbemerkt in das zweite, das Versorgungsboot, zu klettern, in dem sie nun flach auf dem Rücken lag.

»Gabriel?«, fragte sie.

»Hier!«, kam die Antwort. Gabriel schwamm neben dem Boot, auf der vom Ufer abgewandten Seite, so dass er von dort nicht gesehen werden konnte. Aber würde er es auch schaffen, unbemerkt zu Elly zu klettern? Er schwamm zum Heck des Bootes, um heimlich um die Ecke linsen und die Lage peilen zu können.

»Siehst du, wo Matti steckt?«, fragte Elly.

»Nein!«, antwortete Gabriel.

Doch im selben Moment tauchte Matti neben ihm auf. Gabriel zuckte zusammen. Denn das große Etwas, das da plötzlich neben ihm aus dem Wasser geschossen kam, hätte ja auch ein Krokodil sein können.

»Mann, hast du mich erschreckt!«, schimpfte Gabriel.

»Sorry!«, entschuldigte Matti sich. »Aber ich bin froh, euch in der trüben Brühe überhaupt wiedergefunden zu haben. Ich hatte schon Angst, ich finde nie wieder zurück.«

»Wo warst du denn?«, fragte Gabriel.

»Ich wollte eigentlich am Ufer ausspähen, wer auf uns schießt und wie viele es sind«, erklärte Matti. »Aber ich hab's nicht geschafft. Wäre ich noch weiter geschwommen, hätten sie mich entdeckt, glaube ich. Ich hatte mich hinter einem schwimmenden Ast versteckt, aber der war nicht groß genug. Von nahem hätten sie mich sehen können. Aber ich glaube, es sind *zwei* Männer, die uns ins Visier genommen haben.«

»Okay. Und nun?«, fragte Gabriel.

»Wo ist Elly?«, wollte Matti zunächst wissen.

»Hier, im Boot!«, rief Elly ihm zu, ohne dabei aufzublicken. Sie blieb flach im Kanu liegen.

»Gut«, sagte Matti. »Dann ziehen wir die Boote erst mal ein Stück weiter. Das Ufer ist ziemlich dicht bewachsen. Vielleicht können uns die Gangster gar nicht folgen.«

»Aber was ist mit Mike?«, wandte Elly wieder ein. »Wir können nicht ohne ihn weiterziehen!«

»Doch!«, widersprach Matti. »Wir schwimmen stromabwärts. Was auch immer mit Mike passiert ist, wenn er weitergeschwommen ist, dann bestimmt auch mit der Strömung. Das heißt, er ist vor uns. Wir können ihn einholen.«

»Guter Plan!«, befand Gabriel.

Doch Elly war ganz anderer Meinung. »Und wenn er nicht weitergeschwommen ist, sondern hier irgendwo verletzt am Ufer liegt?«

»Oder schon ertrunken ist?«, ergänzte Gabriel.

Elly fuhr hoch. »WAS? Ertrunken? Wie kommst du denn darauf?«

Erneut knallte ein Schuss über den Fluss.

»RUNTER!«, schrie Matti.

Elly duckte sich blitzartig weg. Aber einer Gewehrkugel konnte man natürlich nicht ausweichen. Trotzdem wurde sie nicht getroffen. Der Schuss zerfetzte ein Stückchen Kunststoff am Rand der Bootswand.

Elly lag wieder starr auf dem Rücken und schnaufte tief durch.

»O Scheiße!«, hauchte sie. »Das wäre um ein Haar schiefgegangen!«

»Bleib bloß flach liegen!«, ermahnte Matti sie.

»Klar!«, gab Elly zurück. »Aber was erzählt ihr denn auch so einen Mist, von wegen ertrunken und so ...?«

»Ist doch gut möglich«, beharrte Gabriel.

Matti boxte ihm hart gegen den Arm. »Mensch, Gabriel. Ist mal gut jetzt! Mike wird schon nichts passiert sein!«

»Pah!«, sagte Gabriel. Aber den Rest behielt er für sich. *Ihm wird schon nichts passiert sein!* So ein Quatsch! Es würde an ein Wunder grenzen, wenn ihm nichts passiert wäre. Aber Gabriel beschloss, dann eben den Rest des Tages an Wunder zu glauben.

Elly ließ sich darauf ein, mit den Kanus weiter stromabwärts zu schwimmen. Auch, weil Matti Mike intensiv gesucht, aber nichts von ihm entdeckt hatte. Vielleicht hatte er ja recht, und sie würden ihn tatsächlich weiter voraus finden.

Ihre Verfolger jedoch waren offenbar nicht damit einverstanden, dass die Kinder weiterzogen. Denn mit einem Mal peitschten ihnen zwei weitere Schüsse um die Ohren.

»Elly, bist du in Ordnung?«, fragte Matti.

»Ja!«, kam aus dem Inneren des Bootes zurück. »Ich hab mich nicht bewegt!«

»Wir hatten uns auch nicht blicken lassen«, versicherte Matti. »Dann haben die einfach so geschossen, die Blödmänner!«

Matti und Gabriel schwammen immer noch neben den Kanus her. Matti fand es aber sicherer, wenn auch Gabriel ins Kanu krabbeln würde.

»Würde ich ja gern«, sagte Gabriel. »Nur: wie?«

Er hatte zwar große Angst, dass ihn hier im Wasser jeden Moment ein Alligator oder eine Schlange anfallen könnte. Noch mehr Angst aber hatte er davor, eine

Gewehrkugel abzubekommen, wenn er auch nur den Versuch startete, ins Boot zu klettern.

»Ich geb dir Schutz!«, versprach Matti.

»Feuerschutz?«, fragte Gabriel entsetzt. Matti wollte doch wohl keine wilde Schießerei beginnen?

»Nein!«, widersprach Matti. »Natürlich nicht. Nur Schutz! Wenn ich *jetzt* sage, dann kletterst du, so schnell wie du kannst, ins Boot, okay?«

»Okay!«, versprach Gabriel.

Matti holte tief Luft und tauchte unter dem ersten Boot hindurch, bis er kurz darauf zwischen den beiden Kanus wieder aus dem Wasser emporkam. Dort packte er das leere Boot am Boden und stemmte es hoch, so dass es für einen Moment der Breite nach fast senkrecht auf dem Wasser lag wie eine Sichtschutzwand.

»JETZT!«, rief er seinem Bruder zu.

Gabriel schwang sich über den Rand ins Boot. Als sein Kopf über die Reling lugte, packte Elly ihn an den Schultern und zog ihn hinein. Draußen feuerten die Banditen wieder einige Schüsse ab.

»BIN DRIN!«, rief Gabriel.

Matti setzte das Boot wieder ab.

»Hat es etwas abbekommen?«, fragte Gabriel, nachdem er sich flach neben Elly auf den Boden des vollgepackten Kanus gelegt hatte.

»Das kann ich nicht sehen«, antwortete Matti. »Aber immerhin bin ich hier zwischen den beiden Kanus ganz gut geschützt. Auch vor Krokodilen. Ich schiebe euch jetzt weiter mit der Strömung flussabwärts.«

»Aber pass auf Schlangen auf!«, warnte Gabriel.

Doch Matti beruhigte ihn. »Auch Schlangen jagen nur, wenn sie Hunger haben, und suchen sich dann auch nicht gerade den schwierigsten Weg, an Beute zu kommen. Das einzige Problem ist, dass ich es mir leichter vorgestellt habe, die Kanus zu schieben. Ich hab das Gefühl, hier ist kaum Strömung. Wir kommen fast gar nicht voran. Als ob wir auf der Stelle treten!«

Paddeln verbot sich. Denn dann wären Gabriel und Elly im Sichtfeld der kriminellen Schützen gewesen. Sie hatten keine andere Möglichkeit, als dass Matti weiter all seine Kraft zusammennehmen und versuchen musste, die beiden Kanus voranzutreiben. Bis er merkte, weshalb es ihm so schwerfiel: Die Strömung kam an dieser Stelle nicht, wie er gedacht und gehofft hatte, von hinten und schob ihn vor, sondern von der Seite und stemmte sich ihm somit entgegen. Offenbar gab es hier irgendwelche Verwirbelungen oder Strudel, die die Richtungsänderung verursachten. Sie wurden nicht weiter geradeaus getrieben, sondern schräg seitlich aufs Ufer zu. Jetzt erst erkannte Matti das volle Ausmaß dieser Strömungsänderung. Sie trieben immer weiter auf ihre Verfolger zu. Und zwar mit zunehmendem Tempo.

Matti änderte nun auch seine Richtung. Bisher hatte

er die beiden Kanus vorwärtsgeschoben. Jetzt stemmte er sich seitlich gegen das Kanu, in dem Elly und Gabriel lagen, um es vom Uferbereich fortzudrücken. Das gelang ihm noch weniger, als die Boote voranzuschieben. Denn jetzt arbeitete er vollends gegen die Strömung. Vermutlich führte der Strom nur ein kurzes Stück des Flusses in diese unheilvolle Richtung. Ausgerechnet hier, wo die Banditen lauerten! Es nützte nichts, sie mussten dieses kurze Stück überwinden. Doch es überstieg Mattis Kräfte. Er konnte nichts dagegen tun, dass sie immer weiter ihrem Verderben entgegengespült wurden!

»Verdammt!«, fluchte Matti und schilderte den beiden im Boot ihre Lage.

»Und wenn wir alle drei schwimmen und die Boote schieben?«, fragte Elly.

»Das nützt nichts!«, war Matti sicher. Natürlich wäre es leichter gefallen, wenn Elly und Gabriel mithelfen würden, statt als zusätzliches Gewicht im Kanu zu liegen. Doch auch zu dritt hatten sie keine Chance, gegen die Strömung anzuschwimmen und dabei noch zwei Kanus mitzuschleppen. Nein, Matti war überzeugt, dass sie bestenfalls eine Chance hätten, wenn sie kräftig paddeln statt schwimmen würden. Doch damit würden sie sich zur Zielscheibe machen. Matti sah einfach keinen Ausweg mehr. Außer einem …

Piranhas

Mike watete weiter durchs Wasser. Er beschleunigte seine Schritte, nachdem er die Schüsse gehört hatte, die doch sehr wahrscheinlich seinen Freunden galten. Wenigstens musste das bedeuten, dass er wohl nicht so weit fortgetrieben worden war, wie er eben noch befürchtet hatte, und sich sehr viel näher bei den anderen drei befand. Allerdings wurden Elly, Matti und Gabriel offenbar angegriffen und waren gerade in höchster Gefahr! Trotzdem: Mike würde bald auf sie stoßen, was ihn erneut in einen fast euphorischen Zustand versetzte. Nicht auszudenken, wenn er seine Freunde verloren hätte und von nun an allein auf sich gestellt wäre. Mike war sicher: Dann würde er aufgegeben. Ganz allein würde er weder in diesem Dschungel überleben noch jemals wieder nach Hause kommen. Ebenso wenig würde er zum Dorf des indigenen Volkes zurückfinden. Er wäre einfach völlig verloren gewesen – allein, ohne Waffen, fast ohne jegliche Ausrüstung. Nur mit einem Messer im Hosengürtel und einer Taschenlampe, die aber vermutlich wegen des Wassers nicht mehr funktionieren dürfte. Mike musste so schnell wie möglich zurück zu seinen Freunden.

Doch er musste sich vorsehen. Schließlich standen die anderen gerade unter Beschuss. Vielleicht konnte Mike ihnen sogar helfen? Denn niemand rechnete damit, dass er sich von der Uferseite aus näherte. Leider war er nicht bewaffnet, und ihm fehlte die Zeit, sich eine Waffe selbst zu bauen. Das Einzige, was er nehmen konnte, wäre ein dicker Ast oder etwas Ähnliches, um zuzuschlagen. Aber dann hätte er sich in einen Nahkampf mit erwachsenen Männern begeben müssen, mehr noch: mit ausgewachsenen Verbrechern!

Das konnte Mike sich nicht vorstellen.

Ratlos, was er tun sollte, brach er wieder auf. Erst mal wollte er seine Freunde finden, alles Weitere musste sich dann ergeben, entschied er.

Dadurch, dass er sich noch mehr beeilte, schaute er nicht mehr ganz so konzentriert darauf, wohin er trat. Er hatte zwar peinlich genau auf Krokodile oder Schlangen achten wollen. Aber möglicherweise würde es auf die Minute oder Sekunde ankommen, um seine Gefährten zu retten.

Er kam an eine Stelle, an der die dicken Äste eines gewaltigen Baumes sehr weit übers Wasser hingen.

Aber er entdeckte eine Möglichkeit, durch das Geäst hindurchzukommen. Dazu musste er trotzdem recht weit ins Wasser hineinwaten, das an dieser Stelle glücklicherweise sehr seicht war. Bestimmt gab es dieses Wasser zur Trockenzeit an dieser Stelle gar nicht. Der eigentliche Fluss lag, so schätzte er dem Baumbewuchs nach, zehn oder zwanzig Meter weiter rechts von ihm. Er stapfte durch rein überschwemmtes Gebiet. Trotzdem reichte ihm das Wasser bis zu den Oberschenkeln. Mike ging noch tiefer hinein, um die Lücke im quer verwachsenen Geäst zu erreichen. Der Wasserpegel stieg ihm über die Gürtellinie und kitzelte schon an seinem Bauchnabel. Nun bekam er mit beiden Händen einen dicken, etwas höher gelegenen Ast zu fassen. An ihm konnte er sich hochschwingen, bis er mit den Füßen auf einem unteren, etwas dünneren Ast landete, um von dort wie ein Äffchen weiter übers Wasser zu klettern. Ungefähr zehn Meter vor ihm sah er eine Stelle, an der er vermutlich wieder gut ins Wasser hineinkam, um parallel zum Fluss weiterzugehen.

Das Klettern gelang ihm gut. Und selbst seine beiden ewigen Zuschauer, die zwei Äffchen, nickten ihm scheinbar anerkennend zu.

Kurz überlegte Mike, ob er weiter in den Baum hinaufklettern sollte, um sich wie die beiden Äffchen ein paar Feigen zu pflücken. Er verspürte entsetzlichen Hunger.

Nein! Er verbot es sich selbst. Keine Zeit. Elly und seine Freunde brauchten Hilfe, und er brauchte sie. Also kletterte Mike weiter über Äste, Zweige und Wurzelwerk den Weg entlang, den er sich ausgeguckt hatte und der sich bisher auch als so gangbar erwies, wie er gehofft hatte.

Bis zu seinem nächsten Schritt.

Ein schrecklicher Schmerz durchzuckte sein linkes Knie. Mike riss das Bein hoch. Fast hätte er dabei das Gleichgewicht verloren und wäre gänzlich ins Wasser gefallen. Gerade noch konnte er sich an einem Ast festhalten, um nachzusehen, was mit seinem Knie passiert war. Seine Hose war an dieser Stelle eingerissen, und das Knie blutete. Er schaute genauer nach, und da sah er es: Etwas hatte ihn direkt in die Kniescheibe gebissen! Die tiefe Bisswunde war eindeutig zu erkennen.

»Verdammt!«, fluchte er. Gleichzeitig spürte er, wie Panik in ihm aufstieg. Es wurde ihm heiß und kalt zugleich, und sofort bildeten sich kalte Schweißperlen auf seiner Stirn. Ein schrecklicher Gedanke schoss ihm durch den Kopf: Was, wenn das eine hochgiftige Wasserschlange gewesen war?

Panik vermeiden!

Das hatte er in seinem Survival-Buch gelesen, als er und die anderen das erste Mal mit einer Schlange zu tun gehabt hatten: dem Buschmeister, der giftigsten Schlange im ganzen Regenwald. Die aber schwamm nicht unbedingt im Wasser, soweit er sich erinnerte. Allerdings: Er stand nicht im Fluss, sondern in überschwemmtem Gebiet. Auch Schlangen, die eigentlich reine Landbewohner waren, konnten bestimmt schwimmen, wenn sie mussten. Und vielleicht hatte die Überschwemmung sie in Panik versetzt, und deshalb hatte eines der Tiere zugebissen?

Erneut stieg Angst in ihm auf.

Mike atmete tief ein und versuchte mit aller Kraft, sich zu beruhigen.

Es gelang ihm nicht. Zu viele Möglichkeiten fielen ihm ein, dass es sich durchaus um eine giftige Schlange oder ein anderes hochgiftiges Tier gehandelt haben könnte. Doch dann – endlich – betrachtete er seine Wunde nochmals genauer. Der Biss war sehr klein, stellte er fest. Tief, stark blutend, aber das Maul, das ihn gebissen hatte, schien verhältnismäßig klein gewesen zu sein. Die Wunde schien jedenfalls kleiner als bei einem Schlangenbiss.

An dieser Stelle war das Wasser nicht völlig trüb. Ein bisschen konnte man unter die Oberfläche schauen. Mike erkannte ein paar Fische. Mehr nicht. Aber die hatten ihm wohl kaum … Doch dann sah er noch etwas. Ganz knapp unter der Wasseroberfläche hatten sich mehrere Fische zum Fressen zusammengefunden. Eine Futterstelle? Mike beugte sich hinunter und erkannte den Kadaver eines kleineren Tieres, etwa von der Größe eines Kaninchens, auf einer Baumwurzel, aber noch so eben unter Wasser. Die Fische fraßen gierig von dieser Tierleiche, indem sie wieder und wieder kräftig hineinbissen und sich kleine Fleischfetzen herausrissen. Fleischfressende Fische also! Und nun erkannte er auch, was das für Fische waren – Piranhas! Mike hatte schon viel von diesen Raubfischen gehört – aber eigentlich nur in Geschichten und Filmen, musste er sich eingestehen. In Wirklichkeit wusste er nichts über diese Fischart. Überfielen die nicht Menschen und fraßen sie auf? Mike hievte sich an dem nächsten dicken Ast hoch, um vollends aus dem Wasser heraus und damit außer Reichweite der bissigen Fische zu sein. Er griff in die Gesäßtasche seiner Hose, um in seinem Survival-Buch nachzulesen, wie gefährlich oder giftig Piranhas waren.

Dann fiel ihm ein, dass sein so wichtiges Buch, das ihnen bereits oft wertvolle Tipps und Informationen geliefert hatte, bestimmt völlig durchweicht war. Dennoch zog er es hervor, um sich wenigstens den Schaden zu besehen. Wahrscheinlich war es überhaupt nicht mehr zu gebrauchen.

»Mist!«, sagte er schon, während er das Buch hervorholte.

Er blätterte es auf – und staunte. Das Buch war lesbar! Sehr gut sogar. Nun gut, die Seiten waren ein wenig wellig oder, besser gesagt: wie zerknittert, aber

PIRANHA

Piranhas sagt man nach, dass sie besonders aggressiv sind und mit ihren sehr scharfen Zähnen sogar Menschen angreifen. Aber Attacken von Piranhas auf Menschen sind selten. Gewöhnlich fressen sie Fische und Krustentiere, manchmal auch größere Wirbeltiere, die sie als Schwarm angreifen. Typisch ist das rüttelartige Herausreißen eines Fleischstückes mit den Zähnen, wie es auch Haie mit ihrer Beute machen.

Piranhas haben hohe, seitlich abgeflachte Rücken und sind 15–40 Zentimeter groß.

Sie leben im Schwarm, um sich vor Feinden wie Delphinen, Kaimanen, Greifvögeln, großen Raubfischen oder Riesenottern zu schützen.

Piranhas sind Allesfresser, sie können sich von Pflanzen, Insekten, anderen Fischen und Aas ernähren. Angelockt von Blut, das sie schon in sehr geringen Mengen riechen können, fallen sie massenhaft über verletzte oder tote Tiere her. Das Aggressionsverhalten der Tiere ist berüchtigt und bei allen Arten sehr ausgeprägt, wobei *Serrasalmus*, der Schwarze Piranha, als am aggressivsten einzustufen ist.

Beim Kampf um die Beute verletzen sie sich oft gegenseitig. Zum Glück verfügen sie über eine schnelle Wundheilung, so dass ihre Schwanz- und Rückenflossen sehr schnell nachwachsen können.

Selbst unempfindlich gegenüber den Krankheiten ihrer Beutetiere, übernehmen sie eine wichtige Funktion als »Wasserschutzpolizei«. Sie halten das Wasser sauber, indem sie tote Tiere verzehren und damit sogar verhindern, dass sich ansteckende Krankheiten ausbreiten.

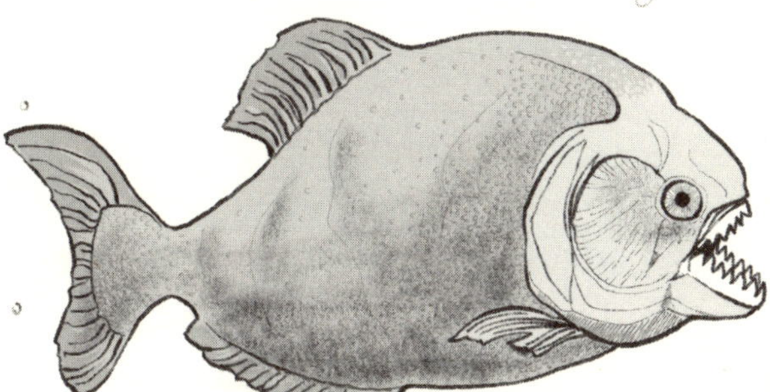

ansonsten konnte man einwandfrei in dem Buch blättern und lesen. Nichts war verschmiert oder verwischt, die Blätter fest im Einband geklebt, jedes Blatt intakt. Mike blätterte auf die erste Seite. Und dort stand die Erklärung: Das Buch war auf wasserfestem Papier gedruckt!

»Genial!«, jubelte Mike. Allerdings: Bei einem Survival-Buch ergab es Sinn, es auf robustem, reiß- und wasserfestem Papier zu drucken. Denn genau dort, wo man gerade keine ideale Umgebung für Bücher vorfand, brauchte man das Buch ja: in der Wildnis. Mike atmete auf, blätterte in dem Buch, fand die Seite über Piranhas und las, dass sie zwar Aas fraßen und auch menschliche Leichen nicht verschmähten, wenn es mal eine gab, aber eigentlich Menschen nicht angriffen. Nur, wenn sie unter Stress litten, wie zur Paarungszeit, oder sich vielleicht bedroht fühlten, bissen sie zu. Insofern sollte man zwar nicht unbedingt in einem Schwarm Piranhas vergnügt schwimmen gehen, aber so gefährlich, wie sie oft dargestellt wurden, waren sie auch nicht.

Mit Blick auf sein blutendes und schmerzendes Bein überlegte Mike, ob er wirklich den geplanten Weg weitergehen sollte. Doch alles andere erschien ihm ein zu großer Umweg. Und vermutlich waren die Piranhas nur nervös und aggressiv gewesen, weil er ihrer Futterquelle – dem toten Kaninchen oder was auch immer das für ein Tier gewesen war – zu nahe gekommen war. Vielleicht hatte an seinem Knie auch ohnehin schon eine Schramme geblutet. Der Geruch des Blutes hatte die Piranhas dann angelockt und aggressiv gemacht. Er entschied sich, den Weg beizubehalten, und sah sich nach etwas um, womit er seine Wunde vielleicht etwas verarzten konnte: Aber auf die Schnelle fand er nichts, und vermutlich hätten die Fische sein Blut trotzdem gewittert. So brach er sich nur einen dicken Ast von einem Baum ab und schlug mit ihm wie mit einer Keule einige Male fest ins Wasser, dass es nur so spritzte. Dann sprang er zurück ins Wasser, brüllte und lief, so schnell er konnte, an dem Tierkadaver vorbei. Er hoffte, die Piranhas genügend verschreckt zu haben, um schadlos an ihrer frischen Futterstelle vorbeizukommen. Gleichzeitig, so hoffte Mike, dürften seine Keulenschläge und sein Geschrei auch eventuell in der Nähe lauernde Alligatoren und Schlangen verscheucht haben.

Erst zwanzig, dreißig Meter weiter legte Mike eine kleine Pause ein, wartete, bis sich die Wasseroberfläche wieder genügend beruhigt hatte und er wieder zumindest ein wenig durch sie hindurchsehen konnte.

Keine Piranhas mehr da!

Mike zog weiter und kam an eine kleine Flussbiegung. Als er den Scheitelpunkt erreichte und den weiteren Wasserlauf wieder einsehen konnte, entdeckte er sie: ihre beiden Kanus! Mike riss die Arme hoch und wollte im ersten Impuls laut losjubeln. Gerade noch rechtzeitig bremste er sich. Sehr wahrscheinlich wurden seine Freunde angegriffen. Jedenfalls hatte er doch Schüsse gehört. Zu sehen war aber nichts, weder etwas von den Schützen noch von seinen Freunden. Nur die zwei Boote trieben offenbar aufs Ufer zu. Aber sie schienen leer zu sein. Wo steckten Matti, Elly und Gabriel? Ihre Köpfe konnte er auch nicht im Wasser erkennen. Würden sie schwimmen, müsste er sie von seiner Position aus eigentlich sehen. Was war mit den dreien geschehen? Ob die Gangster sie gefangen genommen hatten? Aber wieso trieben dann die Boote noch auf dem Wasser? Sie hatten den Banditen die Kanus vom Lkw gestohlen. Wenn Mikes Gefährten den Gangstern in die Hände gefallen wären, hätten die doch auch ihre Boote zurückgeholt.

Für Mike gab es nur zwei Möglichkeiten. Die eine: Seine Freunde waren erschossen worden. Jetzt lagen sie tot in den Booten, von außen nicht zu sehen. Und die Banditen hatten – vielleicht wegen Krokodilen oder Ähnlichem – noch keine Gelegenheit gehabt, sich die Kanus zurückzuholen.

Die zweite Möglichkeit, an die Mike sofort viel lieber dachte: Seine Freunde hatten die Boote zurückgelassen und sich unbemerkt in Sicherheit gebracht.

Mike wollte unbedingt an diese Möglichkeit glauben. Und er hielt sie auch für sehr realistisch. Zwar hatten sie beim indigenen Volk nur gelernt, wie sie sich im Urwald unsichtbar machen konnten und nicht auf dem Wasser. Aber er traute es Matti, Elly und Gabriel auf alle Fälle zu, auch hier den Banditen unbemerkt entkommen zu sein. Mit ein wenig Stolz in der Brust schmunzelte er sogar vor sich hin. Gut gemacht, Leute!, dachte er. Der Gedanke, dass sie nicht mehr am Leben sein könnten, war für einen Augenblick vollständig verflogen.

Doch auch die schönere Variante, was geschehen sein könnte, barg zwei neue große Probleme in sich. Erstens: Wo steckten seine Gefährten jetzt? Gab es eine Chance, sie wiederzufinden, ohne den Gangstern in die Arme zu laufen? Und zweitens: Was war mit ihrer Ausrüstung? Lag die noch in einem der Kanus? Mike konnte sich beim besten Willen nicht vorstellen, wie seine Freunde die hätten mitnehmen sollen. Aber ließen sie ihre ohnehin schon karge, aber immerhin doch äußerst wertvolle Ausrüstung einfach so zurück? Vermutlich hatten sie keine Wahl gehabt.

Mike überlegte, ob *er* sie vielleicht retten könnte. Offenbar war es nicht möglich, zu den Booten zu schwimmen, denn seine Freunde mussten ja einen Grund gehabt haben, sie zu verlassen. Mike nahm an, dass die Schützen die Boote im Visier hatten und sofort abdrücken würden, wenn sich jemand am oder im

Boot bewegte. Das mussten die Schüsse gewesen sein, die er gehört hatte.

Okay!, sagte Mike sich. Die Schützen befanden sich sicher auf seiner Seite des Flusses. Denn auf dieser Seite hatten sie den Lkw geplündert, und von dieser Seite waren auch sie gekommen.

Mike überlegte, ob er nicht auf die andere Seite des Ufers schwimmen sollte, um von dort – gewissermaßen von hinten – an die Kanus heranzuschwimmen. Doch sogleich verwarf er diese Idee. Wenn es möglich wäre, hätten seine Freunde genau dies getan. Was blieb noch für eine Möglichkeit?

Da keiner der Banditen mit ihm rechnete, besaß er eine gute Chance, sich unbemerkt an sie heranzuschleichen. Aber was dann? Er war unbewaffnet. Und so ganz ohne … Stopp! In diesem Moment kam ihm ein Gedanke. Genau das war bestimmt der Plan seiner Freunde gewesen! Sie hatten vermutlich ihre Waffen mitgenommen, die Boote verlassen, waren irgendwo ans Ufer geschwommen, wo sie halbwegs sicher waren, und hatten nun bestimmt vor, von der Landseite aus einen Überraschungsangriff auf die Gangster zu starten. Genau so hätte er es auch gemacht. Nur: War das wirklich ein guter Plan, den offenen Kampf mit Berufsverbrechern zu suchen? Vielleicht gab es aber keine andere Möglichkeit, ihnen zu entkommen?

Mike nahm sich vor, sich vorsichtig näher an die

Stelle heranzuschleichen, an der er die Schützen vermutete. Vielleicht konnte er sie beobachten, schauen, wie viele es überhaupt waren? Und vielleicht würde er auf diese Weise auch wieder auf seine Freunde stoßen?

Mike bog etwas weiter ins Landesinnere ab. Nicht zu weit, so dass er den Fluss nicht aus den Augen verlor, aber doch weit genug, um sich in dem dichten Grün unsichtbar zu machen. Er griff in den schlammigen Boden, um sich erneut mit der feuchten Erde zu tarnen. Sorgfältig rieb er seinen gesamten Oberkörper ein, sein Gesicht bis über die Ohren, seine Arme und sogar seinen Rücken, soweit er die Stellen erreichte. Dann überlegte er, was er mit seiner Hose machen sollte. Er traute sich nicht, sie ganz auszuziehen, wie beim letzten Mal, als sie sich getarnt hatten, denn er hätte nicht gewusst, wohin mit ihr. Sie in der Hand zu tragen war zu umständlich und hinderlich. Sie sich um den Hals oder den Bauch zu wickeln würde seine Tarnung zerstören. Da konnte er sie ebenso gut anlassen. Und das tat er auch. Allerdings rieb er auch die Hose komplett mit feuchtem Schlamm ein.

Wenn er sich jetzt in einen dichten Busch stellte oder gar hockte, dann war er selbst aus nächster Nähe so gut wie unsichtbar. Auf diese Weise getarnt und mental auf die Begegnung mit den Gangstern vorbereitet, glitt er nun ebenso lautlos und unsichtbar durch das dicke Grün des Dschungels, wie er es von Davi und den anderen Bewohnern des indigenen Dorfes gelernt hatte. Mike war in diesem Moment wieder zu einem Indianer geworden. Nur eine Waffe hatte er nicht, außer dem Fahrtenmesser, das er an seinem Gürtel trug. Doch er wusste, im Zweifel würde er sich nicht trauen, damit einen Menschen anzugreifen und zuzustechen. Ein Messer zu besitzen war das eine, es aber auch als Waffe wirklich zu benutzen das andere. Auch das musste man lernen und trainieren. Dazu war Mike nicht geschaffen. Er konnte kein Blut sehen, nicht mal das eigene. Auf der Jagd nach Tieren war es ihm gut gelungen, sich zu überwinden und Pfeil und Bogen und sogar einen Speer einzusetzen, aber ein Messer …

Moment mal! Mike fiel etwas ein. Wenn er ein Messer bei sich trug, konnte er sich doch einen Speer schnitzen. Oder auch zwei. Das würde zwar einige Zeit in Anspruch nehmen, aber seit er die leeren Kanus gesichtet hatte, hatte er wieder Zeit. Er zweifelte nicht daran, dass sich seine Freunde in unmittelbarer Nähe befanden. Niemals würden sie ohne ihn weiterziehen. Vielleicht musste er sowieso nur einfach ruhig abwarten, bis sie sich bemerkbar machten? Da konnte er die Zeit gut nutzen, sich ein paar Speere zu bauen.

Mit zwei Speeren in der Hand näherte er sich schließlich der Stelle des Ufers, an der die beiden Kanus eigentlich hätten landen müssen. Aber etwas hinderte sie daran. Das erkannte jetzt auch Mike. Elly und seine

Freunde waren nicht in oder an den Booten. Wie er es sich schon gedacht hatte. Jetzt aber konnte er es sicher erkennen. Noch näher herantreten durfte er allerdings nicht. Denn er hörte Stimmen. Blitzartig verschwand Mike in einem Busch. Er wusste, dass er gut getarnt war und ihn nun niemand mehr sehen konnte. Die beiden Männer, die aus dem Dickicht heraus ans Ufer traten, sowieso nicht. Denn sie suchten nicht nach ihm, weil sie ihn hier nicht vermuteten. Stattdessen aber hätten sie wohl gern die Kanus durchsucht. Die beiden gingen bis zu den Hüften ins Wasser, hielten dann aber inne, weil vor und neben den Booten plötzlich ein paar Augen und Nasenspitzen aus dem Wasser auftauchten: Alligatoren!

Für einen Moment schienen die Männer zu überlegen, ob sie sie erschießen sollten. Einer hatte sein Gewehr sogar schon im Anschlag. Doch dann erkannten sie, dass es zu viele waren. Ein ganzes Rudel von Alligatoren hatte sich um die Kanus versammelt. Vielleicht, um sie neugierig in Augenschein zu nehmen. Vielleicht, weil sie etwas aus dem Inneren der Boote witterten. Oder aber nur, weil sie merkten, dass die Männer sich auf die Boote zubewegten.

Die Männer jedenfalls drehten ab und gingen zurück.

Aber wohin?

Mike wollte es wissen, denn ihm war klar: Von die-

EINEN SPEER BAUEN

Der **Speer** ist eine der ältesten Waffen der Menschheitsgeschichte. Der erste Speer war vermutlich nicht mehr als ein angespitzter Stock mit einer angesengten Spitze. Aber mit der Zeit und der Entwicklung der Kunst, Eisen und Stahl zu schmieden, wurde aus diesem primitiven Werkzeug ein unverzichtbarer Bestandteil der mittelalterlichen Waffenkammer. Heutzutage sind Speere nicht mehr alltäglich, sie können sich im Überlebenskampf aber dennoch als nützlich erweisen.

Wenn du einen Speer herstellst, solltest du dabei auf jeden Fall vorsichtig sein. Speere sind keine Spielzeuge, und du solltest achtsam mit ihnen umgehen.

1) Besorge dir einen langen, geraden Ast. Er sollte mindestens so lang sein, wie du groß bist, am besten etwas länger. Dann erreichst du eine größere Reichweite. Der Ast sollte 2,5 bis 4 cm dick sein. Je härter das Holz, desto besser.

2) Spitze deinen Speer an. Verwende ein Messer oder ein kleines Beil und spitze vorsichtig ein Ende des Astes an. Schnitze die Spitze mit kleinen, gleichmäßigen Schnitten. Achtung: Schnitze stets von deinem Körper weg, damit du dich nicht verletzt. Mit einem scharfen Messer zu hantieren birgt immer eine große Verletzungsgefahr. Also aufpassen!

3) Mache ein kleines Feuer, um die Spitze des Speers zu härten. Sobald du mit der Spitze deines Speeres zufrieden bist, solltest du diese über die Flammen halten, bis du siehst, dass sich die Farbe des Holzes verändert. Dabei wird dem Holz die Feuchtigkeit entzogen, wodurch es robuster, also härter, und leichter wird. Feuchtes Holz ist weich, trockenes Holz ist hart. Indem du die Speerspitze über das Feuer hältst, entziehst du ihr langsam die gesamte Feuchtigkeit – so entsteht eine sehr gute, sogenannte »feuergehärtete« Spitze.

sen beiden Männern waren die Schüsse gekommen, die er gehört hatte. Diese beiden waren der Grund, weshalb seine Freunde nicht mehr da waren. Sie hatten Elly, Matti und Gabriel verfolgt und gejagt. Aber offenbar erfolglos, denn die beiden Männer schienen erst jetzt, als sie sich den Kanus ein wenig genähert hatten, zu bemerken, dass die drei Kinder gar nicht mehr da waren.

Ein Geräusch!

Ellys Herz schlug bis zum Hals. Wie ein nasser Zombie stieg sie aus dem Fluss, zum Kampf bereit und bewaffnet. Unwillkürlich musste sie ausgerechnet jetzt daran denken, wie sie sich zur letzten Halloween-Party als Zombie-Piratin verkleidet hatte, mit Gummisäbel und allem. Doch nun trug sie ein echtes Gewehr, und es ging um Leben und Tod.

Matti hatte es geschafft, die Waffen aus dem Versorgungskanu zu fischen. Er und Gabriel trugen Pistolen bei sich, ihr hatten sie das einzige Gewehr gegeben. Elly hatte es nicht nehmen wollen. Nach dem Angriff auf das indigene Volk, bei dem sie in Notwehr auf einen der Gangster geschossen hatte, hatte sie sich geschworen, niemals wieder eine Waffe auf einen Menschen zu richten. Aber nachdem Matti unter höchster Gefahr die Waffen aus dem Boot geangelt hatte, wollte sie nicht anfangen, darüber zu diskutieren. So hatte sie nicht protestiert, auch wenn ihr dabei mehr als unwohl gewesen war. Denn Elly wusste: Wenn man eine Waffe bei sich trug, dann benutzte man sie höchstwahrscheinlich auch. Sie erinnerte sich, wie ihr Vater mal über einen Nachbarn geschimpft hatte, der sich »zur Selbstverteidigung« eine Pistole gekauft hatte: »Eine Waffe *will* benutzt werden. Dafür wurde sie gebaut.« Genau das Gefühl überkam Elly jetzt auch, als sie das Gewehr auf ihrem Rücken spürte. Als ob das Gewehr ihr unentwegt zuflüsterte: *Benutz mich! Schieß mit mir!*

»Alles okay?«, fragte Matti leise.

Gabriel und Elly nickten. Für Elly war es der Weckruf aus ihren Gedanken. Sie war zurück in der Gegenwart. Sie hatten es geschafft, unbemerkt von den Booten fort in einem weiten Bogen ans Ufer zu schwimmen, an dem sie nun aus dem Wasser stiegen. Sie befanden sich rund dreißig, vierzig Meter von den Kanus entfernt, die längst ans Ufer getrieben worden wären, wenn – ja, wenn nicht irgendetwas sie aufgehalten hätte. Vielleicht ein paar Wurzeln, Steine, Felsen. Elly hatte keine Ahnung. Jedenfalls hingen die Kanus gut zehn Meter vom Ufer entfernt auf dem Wasser fest, als hätte jemand die Anker geworfen. Den Kindern war es recht. So kamen die Banditen nicht an ihre Ausrüstung heran, jedenfalls nicht sofort. Denn mittlerweile hatten sich ein paar Krokodile rund um die Kanus versammelt, um zu untersuchen, welcher fremde Eindringling da in ihr Revier gestoßen sein mochte.

Matti, Elly und Gabriel verkrochen sich hinter einem Gewirr aus Ästen und Zweigen, durch das sie die Uferstelle vor ihren Booten einsehen konnten.

Zwei Banditen standen nun bis zu den Kniekehlen im Wasser und debattierten wohl darüber, wie sie an die Kanus herankämen, ohne sich mit den Alligatoren anzulegen.

Erst jetzt erkannte Elly, dass sie offenbar mehr Glück als Verstand gehabt hatten, dass sie so unbehelligt ans Ufer hatten schwimmen können.

Die beiden Banditen zogen sich wieder aus dem Wasser zurück.

»Was hast du vor?«, fragte Gabriel leise flüsternd seinen großen Bruder.

Gabriel wusste, wie sehr Wasser Schallwellen leitete. Selbst in normaler Lautstärke gesprochene Sätze konnte man mitunter einige hundert Meter weit Wort für Wort verstehen. Deshalb sprach Gabriel so leise, wie er nur irgend konnte. Trotzdem legte Matti einen Finger auf seinen Mund und antwortete ihm stumm, nur mit Handzeichen: Sie sollten sich langsam, im großen Bogen von hinten an die beiden heranschleichen.

»Und dann?«, fragte Elly.

Matti schaute sie böse an, weil sie ihre Frage seiner

Meinung nach viel zu laut ausgesprochen hatte. Aber dann wurde ihm klar, was Elly mit ihrer Frage vor allem gemeint hatte: ob er die Banditen von hinten erschießen wollte.

Matti zögerte mit seiner Antwort. Denn er hatte noch keine überzeugende Idee, wie sie die Banditen außer Gefecht setzen sollten. Am liebsten hätte er die beiden überwältigt, gefesselt und wäre dann mit den Kanus geflohen. Ehe man die beiden fand, wären sie weit genug entfernt. Wie aber überwältigte man zwei erwachsene, kampferprobte Männer, ohne sie schwer zu verletzen oder gar zu töten? Einmal war es ihnen gelungen, weil Matti sich von hinten hatte heranschleichen können. Das hieß aber nicht, dass es ein zweites Mal gutgehen würde.

Elly spürte die schwere Last des Gewehrs auf ihrem Rücken, die aber nicht durch sein Gewicht hervorgerufen wurde. Sie hatte es geahnt: Es würde darauf hinauslaufen, dass sie wieder auf jemanden schoss, dass sie wieder jemanden tötete! Nein! Das wollte sie auf keinen Fall! Obwohl die Banditen ihrerseits völlig hemmungslos auf die Kinder geschossen hatten, als sie noch im Kanu gesessen hatten, und selbst noch, als sie in dem gefährlichen Gewässer ausgestiegen und geschwommen waren. Statt sie zu retten oder vor Alligatoren zu schützen, hatten sie sie weiter angegriffen.

Aber Elly war nicht wie sie.

Sie wusste, dass Gabriel anders darüber dachte als sie. Der würde sagen: Besser wir erschießen sie als die uns. Aber ganz so einfach war die Angelegenheit nicht. Und: Gabriel hatte auch noch nie auf jemanden geschossen. Sie schon. Sie wusste, was das bedeutete. Sie hatte noch jede Nacht Albträume deswegen. Obwohl sie das Gesicht ihres Opfers in der Realität nie richtig gesehen hatte, tauchte es Nacht für Nacht in ihren Träumen auf, und starrte sie schmerzverzerrt und vorwurfsvoll an! Nein, das wollte Elly wirklich kein zweites Mal!

Und Matti? Elly kannte seine Haltung dazu nicht. Vielleicht war er selbst noch nicht so recht entschlossen. Aber er hatte den Plan entwickelt, in die Offensive zu gehen und die beiden Banditen anzugreifen. Also musste er ja wohl die innere Bereitschaft besitzen, im Zweifel zu schießen und die Männer zu töten.

Matti bedeutete den beiden, dass sie sich erst einmal heranschleichen sollten. Wenn sie nah genug dran waren, würde sich vermutlich aus der Situation heraus ergeben, was sie tun sollten.

Gabriel war einverstanden. Elly nicht. Allerdings hatte sie auch keinen besseren Vorschlag, worüber sie sich zwar sehr ärgerte, aber letztlich blieb ihr trotzdem nichts übrig, als wohl oder übel zuzustimmen.

Matti zeigte zu Boden. Gabriel und Elly wussten,

was er meinte. Sie mussten sich erst einmal neu tarnen. Daher rieben sie sich von Kopf bis Fuß mit feuchter Erde ein, behielten diesmal die Kleidung aber an, die sie ebenfalls komplett mit nasser Erde einrieben.

Nachdem sie fertig waren, schaute Matti skeptisch in die kleine Runde. Die Shirts, die sie trugen, waren zu hell. Er fand, das Weiß schimmerte noch zu sehr durch.

Elly betrachtete ihr völlig verdrecktes, teils blutverkrustetes, frisch mit Schlamm zugeschmiertes Shirt. Von dem ursprünglichen Weiß war nichts mehr zu erkennen.

Doch Matti tippte mit dem Finger auf einen weißen Fleck, gleich unter Ellys linkem Arm. Elly schaute drauf, riss das Shirt an der Stelle ein. Der weiße Fleck war jetzt nur noch ein Loch. Das Shirt war an so vielen Stellen zerrissen, da kam es auf diesen einen Riss auch nicht mehr an.

»Besser so?«, fragte sie.

Matti nickte lächelnd. »Okay, versuchen wir's!«

Langsam machten sie sich auf den Weg. Zwischendurch blieben sie immer wieder stehen und lauschten. Sehen konnten sie die beiden Männer in dem dichten Dschungel schon längst nicht mehr. Aber glücklicherweise gaben die sich keine Mühe, sich ruhig zu verhalten. Sie schienen der Ansicht zu sein, sie könnten tun und lassen, was sie wollten. Wer sich ihnen in den Weg stellte, wurde eben abgeknallt – egal, ob Tier, Indianer oder fremde Kinder. So unterhielten sie sich und lärmten, als würden sie sich zu Hause durch eine Einkaufsstraße bewegen, statt durch das größte, artenreichste und wichtigste Naturschutzgebiet der Welt. Daher fiel es den Kindern leicht, einzuschätzen, wo die Männer sich ungefähr gerade aufhielten.

Matti und die anderen beiden blieben bei ihrer Strategie, sich möglichst lautlos und unsichtbar durch den Wald zu bewegen. Obwohl es schwieriger war als sonst, weil der Boden unter ihnen über weite Teile überschwemmt war und allein das Wasser bei jedem Schritt Geräusche verursachte. Zudem konnten sie nun überhaupt nicht mehr sehen, wohin sie traten. Jeder Schritt konnte auf einer Schlange oder einem anderen giftigen oder stacheligen Tier landen oder auch nur auf einer spitzen Baumwurzel oder einem Stein, an dem man sich schneiden konnte. Aber die Kinder hatten wohlweislich ihre Schuhe angelassen, obwohl diese nun eher Schwimmschuhen glichen und völlig aufzuweichen drohten. Glücklicherweise trugen alle drei synthetische Sportschuhe statt schwerer Wanderschuhe aus Leder. Die sogen sich nicht ganz so sehr mit Wasser voll und würden später auch relativ schnell wieder trocknen.

Nach gefühlten zehn oder fünfzehn Minuten stoppte Matti, der die Minikarawane anführte, erneut. Er glaubte, dass sie nun sehr nah an den Männern dran waren. Obwohl sie sie im Moment nicht mehr hörten. Seltsam. Schliefen sie? Oder waren die Männer nicht mehr auf der Suche nach ihnen? Als sich die drei an den Booten aufgehalten hatten, hatten die Männer sofort geschossen, sobald die Kinder auch nur eine Nasenspitze hinter den Kanus hervorblitzen ließen. Eben noch hatten die Männer am Ufer gestanden und überlegt, wie sie an die Boote gelangen könnten. Hatten sie dabei nicht gemerkt, dass die Kinder längst nicht mehr dort waren?

Matti stand noch immer still da und lauschte. Sein Blick ging zu seinem kleinen Bruder, denn bislang war Gabriel immer der Erste gewesen, der ungewöhnliche Geräusche gehört hatte. Jetzt aber horchte auch Gabriel vergeblich in den Wald hinein. Elly spürte ein ungutes Gefühl in der Magengegend. Irgendetwas ging hier vor. Es braute sich etwas zusammen. Da war sie sicher. Aber was? Und wo? Ebenso wie die beiden Jungs stand sie regungslos da, schaute sich um, lauschte – und konnte nichts Ungewöhnliches entdecken.

Dann plötzlich hörten sie alle drei gleichzeitig ein Geräusch, das nicht in die Umgebung passte. Ein metallisches Klicken. So, als ob jemand ein Gewehr durchlud.

Kampf

Mike war den Banditen langsam und vorsichtig gefolgt. Er war nah genug geblieben, um sie nicht aus den Augen zu verlieren, zugleich hatte er aber versucht, genug Abstand zu halten, um nicht entdeckt zu werden.

Nun stand er kerzengerade und bewegungslos hinter einer grünen Wand, die Speere aufrecht in der Hand haltend, kaum zehn Meter von den Männern entfernt. Er atmete ruhig und flach und ließ sich nicht einmal zu einer Bewegung hinreißen, als ein Schmetterling direkt auf seiner Nase landete. Zum Glück flog der schnell weiter. Denn aus den Augenwinkeln erkannte Mike eine Echse von der Größe eines Chamäleons, die auf einem Blatt in unmittelbarer Nähe von Mikes Kopf auf der Lauer lag. Es war nicht ausgeschlossen, dass die Echse sich im nächsten Moment den Schmetterling direkt von Mikes Nase geschnappt hätte. Das hätte noch gefehlt, dachte Mike, dass die Echse direkt auf seiner Nase Beute gemacht hätte. So aber schaffte er es, weiterhin regungslos im dichten Grün stehen zu bleiben.

Die Männer hatten aufgehört zu reden. Erst jetzt fiel Mike auf, dass die Männer zuvor lauthals debattiert hatten. Wahrscheinlich darüber, was sie mit den Booten machen sollten. Mike hatte leider kein einziges Wort verstanden. Jetzt aber hatten sie das Reden eingestellt und verständigten sich mit Handzeichen. Wieso? Hatten sie ihn etwa entdeckt und wollten sich das nicht anmerken lassen?

Die Männer schauten sich um und berieten stumm, wohl, was sie als Nächstes tun sollten. Aber in seine Richtung schauten sie nicht. Nicht ein einziges Mal. Mike war sich sicher, von ihm ahnten die Männer noch immer nichts. Da sie aber eindeutig etwas suchten beziehungsweise jagen wollten, wurde Mike klar: Sie waren seinen Freunden auf der Spur!

Die beiden gaben sich nochmals Zeichen und trennten sich. Sie gingen in verschiedenen Richtungen von Mike fort. Offenbar hatten die Männer Matti und die anderen schon entdeckt und wollten sie nun von zwei Seiten einkreisen.

Mike musste ihnen folgen. Aber wem von beiden? Mike entschied sich, dem Mann, der die rechte Seite übernommen hatte, nachzugehen. Wobei Mike versuchte, sich etwas mehr links zu halten als seine Zielperson. So hatte er vielleicht die Chance, immer mal wieder auch den anderen sehen zu können. Denn irgendwie mussten ja auch die Männer untereinander kommunizieren, um sich nicht zu verlieren.

Nach etwa knapp zweihundert Metern blieb Mike stehen, weil auch der Mann, dem er folgte, stoppte. Der Mann hatte jetzt sein Gewehr im Anschlag. Er wartete. Sah rüber zur anderen Seite. Gab still ein Handzeichen.

Mike musste genau hingucken. Dann erkannte er es. Dort drüben stand der zweite Mann, ebenfalls das Gewehr in schussbereiter Position. Sie hatten ihr Ziel erreicht. Das war unverkennbar. Nur: Mike sah es nicht. Waren die beiden doch nicht hinter seinen Freunden her?

Die Männer schritten nun langsam weiter. Nur wenige Schritte. Mike ging mit. Und jetzt sah er sie: Dort standen Matti, Elly und Gabriel. Wie in einem Dreieck, Rücken an Rücken. Sie sprachen nicht miteinander, sondern lauschten in den Wald hinein. Offenbar hatten sie etwas gehört oder ahnten lediglich, dass die Männer ihnen unmittelbar auf den Fersen waren. Aber sie hatten die Gefahr noch nicht erkannt, die Männer nicht gesehen. Dabei waren sie doch nur wenige Meter entfernt. Jetzt drehte sich Elly auch noch weg und wandte unwissentlich den Männern ihren Rücken zu.

Mensch! Haut ab!, dachte Mike.

Gerade als er dies seinen Freunden laut zurufen wollte, lud einer der Männer sein Gewehr durch und trat aus dem Busch hervor.

Matti, Elly und Gabriel erschraken zu Tode, wandten sich um und schauten direkt in den Gewehrlauf des Mannes. Nun kam auch der zweite Mann aus seiner Deckung, richtete ebenfalls das Gewehr auf die Kinder, die nun langsam alle ihre Hände erst heben und dann hinter ihren Köpfen verschränken mussten.

Mike stockte der Atem. Die Banditen hatten seine Freunde gefangen! Eilig hastete er näher an das Geschehen heran. Es fiel ihm schwer, dabei die Disziplin zu bewahren, so geräuschlos und unbemerkt zu bleiben, wie er die ganze Zeit den Banditen gefolgt war. Er schaffte es und war nun dicht genug dran, um seine Speere zu werfen.

Sollte er es wagen? Zwei Speere, zwei Männer. Er durfte sich keinen Fehlwurf erlauben. Zwei Würfe, schnell hintereinander, beide mussten sitzen. Und zwar so, dass die Männer sofort kampfunfähig waren. Denn sonst würden sie schießen. Entweder blind in die Richtung, aus der der Speer kam, also auf ihn, oder sie würden sofort auf seine Freunde schießen, die unmittelbar und wehrlos vor ihnen standen. Nein, das war zu riskant. Er war kein geübter Jäger. Die Wahrscheinlichkeit, dass seine Würfe nicht gelangen, war zu groß. Er würde das Leben aller drei Freunde aufs höchste gefährden. Das durfte er nicht riskieren. Allerdings konnte er etwas anderes machen: die Männer ablenken. Mike sah, dass Elly noch ihr Gewehr trug. Dann waren bestimmt auch Matti und Gabriel bewaffnet. Noch aber hatten die Männer sie nicht aufgefordert, ihre Waffen abzulegen. Das bedeutete, Mike musste handeln. Jetzt!

Er hielt einen seiner zwei Speere in der linken Hand und legte sich den anderen mit der rechten zum Werfen bereit, indem er den Arm anwinkelte. Nun holte er langsam aus, achtete darauf, dass er eine freie Wurfbahn hatte, wozu er ein wenig aus der Deckung gehen musste.

Er holte einmal tief Luft.

Hielt den Atem an.

Holte mit dem Arm noch weiter aus.

Nahm Maß –

und …

… warf mit aller Kraft!

Der Speer landete wie gewünscht am Baum, etwa einen halben Meter über dem Kopf des zweiten Mannes, rammte sich in den Stamm und blieb dort federnd stecken. Unwillkürlich zog der Mann schützend den Kopf ein, stieß erschrocken einen kurzen Schrei aus, begab sich in die Hocke, schaute ängstlich in die Richtung, aus der der Speer gekommen war, legte das Gewehr an und schoss in den Busch hinein.

Mike hatte sich sofort nach seinem Wurf flach auf den Boden geworfen, weil er mit dieser Gegenreaktion gerechnet hatte. Doch der Gangster hatte sich ohnehin verschätzt. Er ballerte in einen leeren Busch, ein paar Meter von Mike entfernt.

Matti schaltete blitzartig. Mit einem Blick erkannte er, dass der Speer von Mike stammen musste. Von wem sonst? Der Gangster, dem der Wurf galt, hatte sich weggedreht und schoss in die Büsche. Ihr erster Bewacher wandte sich um und schaute nach, was geschehen war. Als er es begriff, zog er ebenfalls in gebückter Haltung den Kopf ein, um sich zu schützen. Dies war der Moment! Matti stürmte los und sprang auf den ersten Bewacher zu, packte ihn, riss ihn zu Boden. Der Mann verlor sein Gewehr, dann griff er nach Mattis Armen, um ihn von seinem Körper wegzudrücken. Doch Matti hielt fest. Die beiden rollten ineinander geknäuelt über den Boden.

Elly und Gabriel reagierten nicht ganz so schnell. Sie standen für den Bruchteil einer Sekunde mit offenen Mündern da. Da flog schon ein zweiter Speer aus dem Busch. Er verfehlte den Mann nur knapp am Arm und blieb hinter ihm im Boden stecken. Weil der Gangster aber zur Seite gezuckt war, kam er leicht ins Straucheln. Genügend Zeit für Elly, ihr Gewehr vom Rücken in eine Schussposition zu legen, durchzuladen und … abzudrücken.

Sie schoss nur aus der Hüfte heraus. Und trotzdem landete sie einen Treffer. Jedenfalls schrie der Mann laut auf und stürzte zur Seite. Sein rechtes Hosenbein wies ein zerfetztes Loch auf. Dort musste Elly ihn getroffen haben. Aber offenbar nur ein Streifschuss. Denn sogleich rappelte sich der Mann wieder auf, richtete nun das Gewehr auf Elly, die nur noch entsetzt in den Gewehrlauf schaute. Ein einziger Gedanke raste ihr in dieser Millisekunde durch den Kopf: *Das war's!* Hier und jetzt fand ihr Leben ein jähes Ende! Sie wurde im Dschungel von einem Banditen erschossen. *Ciao, Mike, mein lieber Bruder!*

Dann …

… sank der Bandit vor ihren Augen mit starrem Blick ins Leere zusammen. Er fiel erst auf die Knie, dann vornüber. Elly wusste nicht, wie ihr geschah. Das Einzige, was sie wahrnahm, aber noch nicht wirklich begriff, war ein kleiner Pfeil im Genick des Banditen. Der zweite Bandit hatte es geschafft, Matti von sich wegzustoßen. Statt hinter ihm herzuspringen und sich weiter dem Zweikampf zu stellen, griff er nach dem Gewehr, das am Boden lag. Doch er erreichte es nicht mehr. Auch er zuckte nur einmal kurz zusammen, dann fiel er leblos zur Seite.

Noch immer war Elly nicht aus ihrer Schockstarre erwacht, als plötzlich Davi vor ihr stand, der wie ein Geist aus der grünen Wand des Dschungels erschien.

»Davi!«, brüllte Gabriel voller Freude, aber auch Erleichterung.

Und nun erschienen auch Davis Freunde aus der Deckung heraus. Wo man vorher geschworen hätte, dass sich weit und breit kein weiterer Mensch befindet, tauchten mit einem Mal fünf junge Indianer auf, die freundlich lächelnd vor ihren weißen Freunden stehen blieben. Wobei die Kinder zumindest im Augenblick ganz und gar nicht weiß waren. Matti, Elly und Gabriel waren von Kopf bis Fuß mit Schlamm eingeschmiert.

Davi betrachtete seine Freunde und grinste breit. Natürlich wusste er, warum sie sich so zugerichtet hatten. Aber wenn er und seine indigenen Freunde sich für die Jagd oder den Kampf bemalten, ergab das nicht nur eine gute Tarnung im Dschungel, sondern wirkte auch noch prächtig, ästhetisch und kunstvoll. Diese drei Stadtkinder hingegen sahen einfach nur so aus, als hätte sie gerade jemand mit den Gesichtern voran in eine Jauchekuhle geworfen.

Davi sah sich um. »Mike?«, fragte er.

Elly wollte gerade mit den Schultern zucken, als aus den Büschen neben ihnen eine weitere schlammige Figur heraustrat.

»MIKE!«, schrie Elly, glücklich, ihren verschollenen Bruder wiederzusehen. Sie lief auf ihn zu, warf sich ihm an den Hals, und beide drückten sich geschwisterlich innig.

Dann schritt Mike auf Davi zu. Die beiden lachten sich an, und auch Davi umarmte Mike, wohl, weil er es gerade bei Elly so beobachtet hatte.

Allmählich verstand Elly, was geschehen sein musste. Offenbar hatten Davi und seine Freunde beobachtet, wie die Banditen mit einem zweiten Lkw den Kindern gefolgt waren, nachdem Mike, Matti, Elly und Gabriel den ersten gestohlen hatten und damit geflohen waren. Daraus mussten die indigenen Jungs geschlossen haben, dass Mike und seine Freunde noch mal in Gefahr geraten könnten, und waren dem zweiten Lkw gefolgt, um genau im richtigen Moment aus ihrer Deckung zu kommen und den Stadtkindern zu helfen, so wie Mike und seine Freunde den Indianern geholfen hatten, als ihr Dorf angegriffen worden war.

Nicht nur Mike hatte vor Rührung Tränen in den Augen, als ihm bewusstwurde, wie sehr sie von den Indianern als gute Freunde betrachtet wurden. Gleichzeitig war ihnen allen klar, dass dieses erneute Zusammentreffen nur von kurzer Dauer war. Davi und seine Jungs mussten zurück in ihr neues Dorf. Mike und seine Freunde in die entgegengesetzte Richtung, zurück in die Kanus und dann den Fluss stromabwärts entlang, hoffentlich nach Hause.

Sehr gern hätte Mike noch den Abend und die ganze Nacht mit den anderen verbracht und sich erst am nächsten Morgen verabschiedet. Doch auch das ging nicht. Sie hatten zwei der Banditen besiegt. Aber es würde sicher nicht lange dauern, bis die nächsten nachkamen. Je schneller sie von hier fortkamen, desto besser.

Deshalb war jetzt, kaum, dass sie sich wiedergesehen hatten, schon wieder der traurige Moment des erneuten Abschieds gekommen. Und dieses Mal würde er wirklich für lange Zeit oder gar für immer sein. Niemand sprach es aus, aber allen war diese Tatsache bewusst. Entsprechend gedrückt war die Stimmung, als sich alle innig und herzlich verabschiedeten.

Zurück auf dem Fluss

Das leere Kanu hatte von dem Beschuss durch die Banditen doch mehr abbekommen, als sie zunächst geglaubt hatten. Es hatte ein Leck und war zu einem Viertel mit Wasser vollgelaufen, als die Kinder wieder in die Boote steigen wollten. Allein das erwies sich allerdings als gar nicht so leicht. Schon die beiden Banditen hatten sich nicht an die Kanus herangetraut, weil sie von Alligatoren umzingelt waren. Nur durch gemeinsames Schreien war es Mike und seinen Freunden sowie den Indianern gelungen, die Tiere zu vertreiben. Mike kam sich in dem Augenblick ein bisschen vor wie einer der Brüllaffen, die allein durch lautes Gebrüll ihr Revier verteidigten. So lief die Gruppe eng zusammen und laut schreiend auf die Kanus zu. Die Alligatoren zeigten sich beeindruckt. Zwar öffneten sie kurz angriffslustig und fauchend ihre riesigen Mäuler, doch dann zogen sie es vor, schnell das Weite zu suchen, statt sich auf eine direkte Konfrontation einzulassen. Alligatoren waren zwar groß, kräftig, stark und gefährlich. Aber eines waren sie nicht: mutig. Wenn sie nicht sicher waren, ob sie einen Kampf gewinnen konnten, vermieden sie ihn lieber. Trotzdem hatte Elly ihr Gewehr im Anschlag, Matti hielt eine Pistole schussbereit. Und so rannten sie auf die Kanus zu, mussten die letzten wenigen Meter sogar schwimmen, aber auch das ging gut.

Schließlich saßen sie zu viert im vollbeladenen Kanu. Nachdem sie schätzungsweise eine gute Stunde über den seichten Fluss gepaddelt waren, von dem sie hofften, dass er direkt in den Amazonas floss und sie nach Hause führen würde, mussten sie sich allmählich schon wieder nach einem Schlafplatz umsehen. Es würde bald dunkel werden, und am Himmel brauten sich finstere Wolken zusammen. Es würde nicht mehr lange dauern bis zum nächsten Unwetter.

Gabriel entdeckte eine Stelle, die sich gut zum Anlegen eignete. Wahrscheinlich waren sie nun auch weit genug vom Lager der Banditen entfernt, so dass sie in dieser Nacht nicht mit einem erneuten Angriff rechnen mussten. Trotzdem beschlossen sie, eine Nachtwache aufzustellen. Im Wechsel, jeder eine Stunde. Wobei sie leider nicht wussten, wann eine Stunde vorbei war, da keiner von ihnen mehr eine Uhr besaß. Schnell und mittlerweile längst routinemäßig hatten sie eine Plane gespannt und ein Feuer gemacht. Endlich hatten sie auch zwei Dosen Ravioli aufgewärmt, die sie nun mit Genuss verdrückten. Während der Kanufahrt hatten sie ihre Kleidung im Fluss gewaschen und zum Trocknen über die Bootsreling gehängt, so dass sie jetzt – den Umständen entsprechend – »saubere« Kleidung trugen. Zu Hause hätten sie diese zerrissene und natürlich noch immer sehr schmutzige Wäsche nicht mal mit spitzen Fingern angerührt. Hier aber fühlten sie sich gerade wie Könige im Paradiesgarten. Sie hatten Wasser, Ravioli, frische süße Früchte wie Feigen und einige Beeren, ein Dach in Form einer Plane über dem Kopf und einen äußerst aufregenden Tag hinter sich. Sie waren Davi und seinen Freunden wiederbegegnet und wussten und fühlten, dass sie in den Indianern echte Freunde gefunden hatten. Und an diesem Abend ließ sogar der unwetterartige Regen auf sich warten. Noch immer war es trocken. Einen so schönen und entspannten Abend hatten sie seit ihrer Zeit bei dem indigenen Volk nicht mehr erlebt.

Sie waren ihrem Ziel, zurück nach Hause zu kommen, deutlich nähergekommen, was ihre allgemeine Stimmung zudem merklich hob. Vielleicht schon morgen oder übermorgen, spätestens aber in wenigen Tagen, würden sie sicherlich auf zivilisierte Menschen treffen oder gar ein Dorf, und dann würden sie zu ihren Eltern heimkehren können.

Wenn Mike daran dachte, freute er sich am meisten über die Erleichterung, die ihre Eltern erfahren würden. Denn die wussten ja seit dem Absturz nicht einmal, ob ihre Kinder noch am Leben waren, geschweige denn, wo sie sich vielleicht aufhielten und wie es ihnen erging.

»Ob Mama und Papa noch immer nach uns suchen?«, fragte Mike seine Schwester.

Elly schaute ihn verständnislos an. »Natürlich. Was denkst du denn?«

Mike zuckte mit den Schultern. »Ich weiß gar nicht mehr, wie lange wir schon im Urwald sind. Irgendwann geben die doch auf, oder?«

»Irgendwann?«, wiederholte Elly. »Nach ein paar Jahren vielleicht. Aber nicht jetzt, nach wenigen Wochen.«

Auch Matti teilte nicht ganz Ellys Zuversicht: »Bestimmt haben unsere Eltern die Hoffnung nicht aufgegeben. Aber sie können ja nicht selbst nach uns suchen. Das muss die Polizei oder so tun. Und die haben die Suche bestimmt längst eingestellt. Zu teuer!«

»Zu teuer?«, brauste Elly auf. »Uns zu suchen? Na hör mal!«

Doch dann sah sie ein, dass Matti vermutlich recht hatte. Trotzdem wollte sie sich nicht so einfach damit abfinden.

»Was würdet ihr denn tun, wenn eure Kinder im Regenwald verschollen wären?«, fragte sie in die Runde.

»Ein Flugzeug kaufen und selbst suchen!«, schlug Gabriel vor.

Matti lachte und verpasste seinem kleinen Bruder einen kleinen Klaps auf seinen Hinterkopf. »Du Spinner! Woher sollen die denn das Geld nehmen, sich ein Flugzeug zu kaufen? Außerdem können Mama und Papa gar nicht fliegen. *Eure* Eltern vielleicht?«

Elly und Mike schüttelten die Köpfe.

»Aber sie könnten ein Flugzeug chartern!«, schlug Elly vor.

»Wir wollten das mal machen«, erzählte Matti. »Weißt du noch, Gabriel? Weihnachten vor drei Jahren. Aber so ein Rundflug kostet umgerechnet pro Person rund 300 bis 400 US-Dollar. Für nur eine Stunde Flug. Das war zu teuer.«

»Wow!«, stieß Elly aus. »Dann war der Rundflug mit Luiz ja ein richtig großes Geschenk!« Das wurde ihr erst jetzt so recht bewusst.

»Allerdings«, bestätigte Matti. »Auch wenn Luiz das für unsere Eltern gratis getan hat. Und bestimmt haben sie auch organisiert, dass sie zwei-, dreimal privat geflogen sind, um nach uns zu suchen. Aber ihr wisst doch selbst, wie aussichtslos es ist, uns zu finden. Und jetzt haben sie es bestimmt aufgegeben und beten jeden Abend, dass uns jemand anderes zufällig finden möge.«

»So wird es ja auch sein!«, rief Mike hoffnungsfroh

in die Runde. »Oder? Wenn wir jetzt den Fluss weiter entlangfahren, kommen wir doch zurück?«

»Ja, ich glaube schon«, antwortete Matti.

»Okay!«, sagte Mike. »Ich bin schon ganz aufgeregt.«

Elly schaute ihn skeptisch an.

Mike winkte ab. »Jaja. Ich weiß. Sicher ist das nicht. Ich bin trotzdem aufgeregt. Und kann deshalb auch nicht schlafen. Ich übernehme die erste Nachtwache. Okay?«

Die anderen waren einverstanden und legten sich hin.

Kaum hatten sie sich eine gute Nacht gewünscht, ertönte der erste Donner über ihnen. Das Unwetter war angekommen. Die Kinder kannten das mittlerweile, und sie hatten sich darauf eingestellt. Weil die Regenfälle immer heftiger wurden und sie schon in der vorigen Nacht um ein Haar fortgespült worden wären, hatten sie ihr Nachtlager dieses Mal gar nicht erst auf dem Boden aufgeschlagen, sondern ihr weniges Hab und Gut in die Ecken des Kanus geräumt und sich zu dritt in den Innenraum gelegt – ein wenig wie Ölsardinen in der Dose. Mike, der die Nachtwache hielt, saß im Heck des Bootes. Er legte sich eine Decke um die Schultern. Die Nächte waren zur Regenzeit doch deutlich abgekühlt, aber die Decke schützte vor allem auch gegen Insekten. Zwischen seinen Füßen hatte Mike einen geladenen Revolver liegen. Eine Taschenlampe hielt er in der Hand, ließ sie aber ausgeschaltet, um Batterien zu sparen.

Über ihnen prasselte der Regen auf die Plane. Trotz des heftigen Niederschlags würde sie halten. Inzwischen hatten sie gelernt, wie man eine Plane wetterfest an die Bäume band. Durch die Schräge stürzten die Bäche von der Plane hinter Mikes Rücken herunter wie ein Wasserfall. Sie hatten sich einen leicht abschüssigen Platz gesucht, so dass das Wasser einigermaßen gut ablief. Trocken war ihr Platz dennoch nicht, im Gegenteil: Das Kanu stand auf weichem, durchnässtem Boden, auf dem sich rundherum sofort Pfützen bildeten, die schnell größer und größer wurden. Sie hatten es vorsorglich mehrfach an einem Baum festgebunden. Also selbst wenn ihr Platz vollkommen überschwemmt werden würde, würden sie nicht davontreiben.

Das Feuer, auf dem sie ihre Ravioli heiß gemacht hatten, kokelte noch unterhalb der Plane vor sich hin, in etwa einem Meter Abstand vom Boot, und spendete Mike etwas Licht, so dass er dem auf den Boden prasselnden Regen zuschauen konnte. Mit der Dunkelheit war nicht nur das Gewitter gekommen, sondern auch ein laut quakendes Froschkonzert. Die Frösche ließen sich von ihrem Balzen um die Weibchen durch den Regen nicht abhalten. Im Feuerschein konnte Mike beobachten, wie sie über die Blätter und Stängel an den Pflanzen hinaufkletterten, weil oben ein Weibchen auf das schnellste und geschickteste Männchen wartete. Mike hatte nicht gewusst, dass Frösche auch klettern konnten, bis Gabriel ihm an einem Abend mal davon erzählt hatte. Jetzt beobachtete Mike das Schauspiel der Froschpaarung erstmalig mit eigenen Augen. Ansonsten hatten sich viele Tiere vor dem Regen versteckt oder waren schon längst mit dem Beginn der Regenzeit in trockenere Gebiete geflüchtet. Im Umkreis des Flusses wurde das Gebiet weiträumig mehr und mehr von Wassertieren vereinnahmt. Das Leben der meisten Regenwaldtiere spielte sich ohnehin in den zig Meter hohen Baumkronen ab. Davon bekam man unten fast nichts mit, außer dass man die Geräusche der Tiere hörte. Oben war das Sonnenlicht. Deshalb gab es dort die reichhaltigste Auswahl an Pflanzen, Blüten und Früchten. Und so begaben sich auch die Tiere nach oben in die Nahrungsschatzkammer. Die Kronen der Bäume boten offenbar selbst bei starken Regenfällen, Unwetter und Gewitter genügend Schutz.

Mike fragte sich, welch unvorstellbare Wassermassen wohl hier unten auf sie niederregnen würden, gäbe es diese gewaltigen, dichten Baumkronen nicht. Trotz ihres Schutzes mussten sie hier unten am Boden bereits stärkere Regengüsse aushalten, als Mike sie je zuvor irgendwo gesehen oder gar miterlebt hatte. Er wusste, dass in manchen Gebieten auf dem Höhepunkt der Regenzeit das Wasser so hoch stieg, dass Fische plötzlich Pflanzen oder Früchte fraßen, die zur Trockenzeit eigentlich nur Affen oder Vögeln vorbehalten waren.

Da der Regenwald zwar Regen- und Trockenzeit, aber keine Jahreszeiten kannte, gab es durchgehend Pflanzen, die gerade blühten oder Früchte trugen. Das reinste Nahrungsparadies sozusagen.

Das Feuer ging zur Neige. Mike legte noch ein paar Stücke des Holzes darauf, das sie vorher gesammelt und von der feuchtnassen Rinde befreit hatten. Schon loderten die Flammen wieder auf. Doch Mike befürchtete, dass der gewaltige Regen es im Laufe der Nacht trotz der Plane löschen könnte. Deshalb nahm er eine der beiden Petroleumlampen aus der Kiste, die sie aus dem Lkw mitgeschleppt hatten, und zündete sie an. Geschützt durch das Glas der Lampe hatten sie auf diese Weise die ganze Nacht hindurch ein sicheres Licht, ohne das sie die Hand vor Augen nicht sehen würden.

Mike horchte in den Wald hinein. Durch das Getöse des Regens und des Gewitters, gepaart mit dem schrillen Quaken der Frösche, konnte er zwar kaum etwas anderes hören, aber das wenige, das er wahrnahm, verbuchte er als normale Geräusche des Urwalds. Das Singen, Piepen und Krächzen der Vögel hatte mit Einbruch der Dunkelheit ebenso aufgehört wie das Brüllen einiger weiter entfernten Brüllaffen und das quiekende Gezänk vieler kleinerer Äffchen in den Früchtebäumen. Auch das Brummen und Surren unzähliger Insekten war weitgehend verstummt, um jenen Platz zu machen, die nachts erwachten. Jetzt kamen die nachtaktiven Tiere zum Vorschein, von denen die meisten sich eher geräuschlos durch den Wald bewegten. Wie zum Beispiel die Schlangen.

Mike leuchtete kurz die nähere Umgebung mit der Taschenlampe ab, um sicherzugehen, dass sich nicht zufällig gerade eine Schlange im Kanu umsehen wollte.

Während die meisten Affen nachts ruhten, wurde eine spezielle Art erst richtig wach: die Plumploris. Etwa so groß wie Hauskatzen, mit großen, für nachtaktive Tiere typischen weit aufgerissenen Augen, süßem Blick, einem Stupsnäschen und weichem, flauschigem Fell wirkten sie auf dem Baum sitzend wie Kuscheltiere im Regal eines Spielwarengeschäfts. Mike lächelte ihnen zu, woraufhin die beiden Äffchen postwendend verschwanden, als hätte Mike sie mit seinem Grinsen beleidigt.

Sogleich tauchten auf der anderen Seite, auf einem anderen Baum, zwei weitere Exemplare auf, die exakt so aussahen wie die ersten beiden. Als wären sie gerade von einem Ast zum gegenüberliegenden gebeamt worden. Mike freute sich über ihre Anwesenheit, denn er wusste, dass sie gern sowohl Spinnen und Käfer fraßen als auch kleine Säugetiere wie Mäuse und Ähnliches.

Alles in Ordnung, dachte Mike zufrieden und merkte, dass auch er müde wurde. Doch er wollte und durfte nicht einschlafen. Schließlich hatte er Nachtwache, und seine Schwester sowie Gabriel und Matti verließen sich auf ihn. Er wollte sie nicht enttäuschen. Bloß … nicht …

… einschlafen.

Böse Überraschung

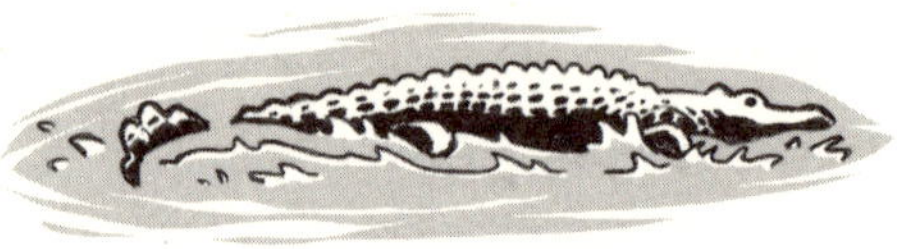

Durch einen kräftigen Ruck wurde Mike aus dem Schlaf gerissen. Er musste erst zu sich kommen, um sich zu erinnern, wo er überhaupt war.

»Hä? Was? Bin ich dran?«, fragte Gabriel noch im Halbschlaf.

Mike hob den Kopf, als ihr Boot durch einen weiteren Stoß erschüttert wurde.

»Was zum Teufel …?«, fluchte Mike. Ein dritter Stoß folgte. Offenbar war Mike doch eingeschlafen. Er wusste nicht, wann und wie lange er weggetreten gewesen war und ihr Boot ohne Überwachung hier gelegen hatte.

Die Petroleumlampe wackelte verdächtig, stand aber immer noch auf der Kiste und hullte das Boot und einen kleinen Teil der Umgebung in mattes Licht. Genug, um zu erkennen, was los war.

»Ach du Scheiße!«, entfuhr es Matti.

Und auch Elly schreckte auf und stieß einen schrillen Schrei aus. Denn als sie erwachte, schaute sie in ein riesiges, weit geöffnetes Krokodilmaul.

Mike begriff nun, dass ihr Boot längst im Wasser schwamm. Die Plane, die sie etwa zwei Meter über sich aufgehängt hatten, baumelte nicht mal mehr einen Meter über ihren Köpfen. Die Alligatoren waren also nicht etwa an Land gekrabbelt, um ihr Boot anzugreifen, sondern einfach im Wasser geschwommen, bis sie hier – zunächst wohl eher zufällig – vorbeikamen.

Der nächste Schlag eines mächtigen Krokodilschwanzes traf die Seite ihres Kanus.

Vermutlich war das gar kein bewusster Angriff. Die Alligatoren untersuchten nur neugierig dieses fremde Ding und stießen ungeschickt immer wieder mit ihren mächtigen Körpern gegen das Boot. Erst als die Kinder darin sich geregt hatten, waren die Echsen in den Verteidigungsmodus übergegangen.

Matti versuchte es spontan mit der Methode, die Elly und sie alle gemeinsam schon erfolgreich angewendet hatte. Er brüllte die Krokodile laut an. »HAUT AB! HEY! VERSCHWINDET!«

Dieses Mal half es aber nichts. Vielleicht auch, weil es zu viele waren. Es hatten sich mindestens fünf Krokodile um sie herum versammelt, soweit Mike sie in der schummrigen Dunkelheit der Petroleumlampe zählen konnte. Mike tastete nach seiner Pistole, die vor seinen Füßen gelegen hatte. Er musste einen Augenblick danach suchen, doch dann hatte er sie.

»Nicht!«, rief Elly ihm zu, als sie sah, was er vorhatte.

»Wieso nicht?«, fragte Mike zurück.

»Es sind zu viele!«, antwortete Elly ihm. »Außerdem wissen wir nicht, wie sie auf Blut reagieren.«

Mike ließ die Waffe wieder halb sinken. »Und was machen wir dann?«

Rumms! Der nächste Schlag rüttelte die Kinder durch.

»Die zerstören unser Kanu!«, rief Gabriel verzweifelt.

Elly schnappte sich eines der Paddel und schlug damit einem Alligator, der besonders nah an sie herangekommen war, todesmutig auf den Kopf. Der Alligator wich zurück. Doch bevor Elly darüber triumphieren konnte, schnappte das Krokodil ein zweites Mal zu. Elly sprang zurück, das Paddel rutschte ihr aus der Hand. Ehe sie danach greifen konnte, hatte der Alligator erneut zugeschnappt, riss das Paddel mit sich, schlug es hin und her und schüttelte es, wie er dies bei Beutetieren auch tat, um sie zu töten. Er ließ allerdings schnell wieder los, nachdem er festgestellt hatte, dass das Paddel ungenießbar war. In der Mitte zerbrochen, landete es achtlos im Wasser.

Glücklicherweise hatten sie noch drei, weil sie ja ursprünglich mit zwei Kanus hatten fahren wollen. Aber als Waffe gegen die mächtigen Tiere halfen sie nicht. Mike griff jetzt doch zur Pistole.

»Was hast du vor?«, fragte Elly.

Statt zu antworten, hielt Mike die Waffe in die Luft wie der Startgeber bei einem Sprintwettbewerb und feuerte ab. Der Schuss hallte weit durch den Dschungel und ließ jede Menge Tiere aufschrecken. Außer den Krokodilen, die sich von dem Knall wenig beeindruckt zeigten.

»Verdammt!«, rief Gabriel. »Wieso sind die überhaupt hier? Ich dachte, Alligatoren schlafen nachts?«

»Kannst sie ja mal fragen!«, entgegnete Elly schroff. Und ergänzte: »Mann, das ist doch jetzt egal. Fest steht, dass sie hier sind und wir irgendetwas tun müssen. Gleich haben sie unser Boot zerlegt, und wir sind geliefert!«

Matti griff zum Jagdmesser und schnitt das Seil durch, an dem sie das Boot festgemacht hatten. Sogleich setzte sich das Kanu in Bewegung und trieb ein Stückchen von ihrem Schlafplatz fort.

»Unsere Plane!«, rief Elly.

»Zu spät. Um die können wir uns nicht mehr kümmern!«, antwortete Matti.

Doch Elly sah das anders. »Ohne sie halten wir es nicht aus bei Regen!«, rief sie.

Das Boot war nun schon gute sieben, acht Meter abgetrieben, die Krokodile aber scharten sich immer noch um sie herum.

»Wir müssen zurück!«, beharrte Elly. »Unsere Plane holen!«

Der anhaltende, heftige Regen prasselte erbarmungslos auf das Boot und drohte, das Kanu in Rekordzeit in eine gefüllte Badewanne zu verwandeln.

Elly zeigte auf den Boden des Kanus, wo das Wasser sichtbar anstieg. »Wir brauchen die Plane, sonst saufen wir ab!«

Matti begriff. »Verdammt, du hast recht! Ich hole sie!«

»Du machst ... WAS?«, fragte Gabriel entsetzt. Doch da hatte sich Matti bereits an einem dicken Ast, unter dem sie gerade entlangglitten, festgehalten, war vom Boot gesprungen und kletterte jetzt im strömenden Regen rund zwei Meter über ihnen durch das Geäst der Bäume zurück zu ihrer Plane.

»Pass auf, dass du nicht abrutscht!«, rief Elly.

Im selben Moment glitt Matti der Standfuß auf dem rutschigen Holz weg. Gerade noch so erwischte er einen Ast, an den er sich klammerte, sonst wäre er mitten zwischen den Krokodilen im Wasser gelandet. Gabriel konnte nicht hinschauen. Er hielt sich die Hände vor die Augen.

Mike leuchtete mit der Taschenlampe den Weg, und

Matti kletterte weiter und erreichte ohne Zwischenfälle die Plane, deren Halteseile er anschließend von oben eines nach dem anderen abschnitt. Bevor er das letzte Ende erreichte, hielt er kurz inne, zog die herunterhängende und teilweise schon ins Wasser baumelnde Plane heran, wickelte sie um einen Ast wie ein Bettlaken über eine Wäscheleine und schnitt erst dann das letzte Ende ab.

»Wir müssen ein Stück zurück!«, rief Elly. »Matti kann die Plane beim Klettern nicht tragen. Wie soll das gehen?«

»Und wie sollen wir zurückkommen?«, fragte Gabriel. »Wenn wir paddeln, klauen uns die Bestien auch noch die letzten Paddel!«

»Nicht paddeln«, entschied Elly und zeigte nach oben: »Ziehen!«

»Ziehen?« Gabriel verstand nicht.

»Wir hangeln uns mit den Händen an den Ästen entlang und ziehen das Kanu mit.«

»Genial!«, lobte Mike.

»Für irgendwas muss die Überschwemmung ja gut sein!«, rief Elly ihm leicht verlegen wegen des Lobes zu.

Und es klappte. Mit Ellys Methode bewegten sie sich so weit in Mattis Richtung zurück, dass er ihnen die Plane zuwerfen konnte. Anschließend kletterte er zu den anderen zurück. Doch bevor er ins Kanu stieg, rief er ihnen zu: »Ich glaube, ich hab eine Idee. Gebt mir mal die Petroleumlampe.«

Die stand immer noch brennend auf der Kiste. Wackelnd, aber sicher genug, um den Kindern Licht zu spenden.

»Was hast du damit vor?«, fragte Elly, griff zur Lampe und zuckte mit einem Aufschrei zurück. »Au! Verdammt! Ist die heiß!«

»Das ist gut so!«, kommentierte Matti.

Und erntete einen bösen Blick von Elly. Sie lutschte an dem verbrannten Finger und nuschelte mit Finger im Mund: »Waf foll daran gut fein?«

»Gib her!«, forderte Matti erneut.

Gabriel zog schnell sein Shirt aus, nutzte es wie einen Topflappen und reichte Matti die Lampe samt Shirt.

»Leuchtet mir mit den Taschenlampen«, forderte Matti nun. »Ich weiß nicht, ob es klappt.«

Matti hockte auf einem dicken Ast, hielt in der einen Hand die brennende Lampe und brach mit der anderen einen dünneren Ast ab. Dann reichte er den anderen die Lampe und zerriss Gabriels Shirt in mehrere Fetzen.

»Hey!«, beschwerte sich Gabriel sofort. »Spinnst du? Das ist mein einziges Shirt!«

»Du kriegst nachher meines!«, versprach Matti.

Nun wickelte er einen der Stofffetzen um das Holz,

goss das Petroleum aus der Lampe darauf und zündete es an. Plötzlich hielt er eine brennende Fackel in der Hand. Er beugte sich hinab zu den anderen, reichte ihnen die Fackel und die Lampe und sagte: »Ich hoffe, damit können wir die Krokodile verjagen. Wir haben noch eine Petroleumlampe, und hier ist auch noch etwas Petroleum drin. Wir können zwei weitere Fackeln bauen.«

Nachdem Mike ihm die beiden Sachen abgenommen hatte, brach Matti zwei Äste ab, sprang zurück ins Kanu und baute noch zwei Fackeln. Elly wedelte derweil bereits mit der ersten über den Rand des Bootes hinaus und schaute, welchen Eindruck das Feuer auf die Alligatoren machte. Zwar nahmen sie nicht sofort panisch Reißaus, wie sie gehofft hatte, aber sie zeigten doch Respekt und zogen sich langsam zurück. Erst recht, als Mike und Gabriel mit ihren Fackeln hinzukamen, während Matti zunächst an den Ästen entlanghangelnd das Kanu weiter voranzog und schließlich, nachdem die Krokodile genügend Abstand gelassen hatten, weiterpaddelte. Auf diese Weise erreichten die Kinder sicher und unversehrt den Fluss, auf dem sie dann allerdings im strömenden Regen in fast völliger Dunkelheit weiterfahren mussten. Denn die Fackeln hatten zwar lange genug gebrannt, um die Alligatoren zu vertreiben, aber kurz darauf waren sie erloschen. Nun hatten die Kinder kein Licht mehr, außer dem spärlichen Schein ihrer Taschenlampen.

»Es geht nicht!«, rief Matti, der hinten im Kanu saß und versuchte, es zu steuern.

Der Regen stürzte unvermindert und unbarmherzig auf sie herab und verwandelte den ruhigen Fluss vom Nachmittag in einen reißenden Strom. Durch die schwarzen Gewitterwolken war nichts vom Mond oder den Sternen zu sehen und folglich auch nichts von ihrer Umgebung. Matti konnte nicht einmal Elly erkennen, obwohl er wusste, dass sie direkt vor ihm saß. Er spürte nur ihren Rücken an seinen Fußspitzen und musste aufpassen, dass er nicht gegen ihren Kopf stieß, wenn er das Paddel als Steuerruder schräg nach vorn hielt. Selbst das Wasser hörten sie nur, ohne seine Oberfläche zu sehen. Mike saß an der Spitze des Bootes und bemühte sich eifrig, mit einer Taschenlampe den Weg vor ihnen auszuleuchten, was allerdings auch nicht funktionierte. Der Lichtstrahl verlor sich nach wenigen Metern auf der tiefschwarzen Wasseroberfläche. Und wenn Mike ein Hindernis entdeckte, war es meist zu spät. So waren sie bereits ein paarmal über im Fluss treibende Äste geschrammt, ohne dass sie hätten ausweichen können. Jederzeit konnte ein Strudel, eine besonders turbulente Stelle oder gar ein Wasserfall vor ihnen auftauchen – sie hätten keine Chance, rechtzeitig umzudrehen oder auszuweichen.

Zudem kam ein so starker Niederschlag auf sie herunter, dass ihr Kanu in kürzester Zeit volllaufen und dann kentern konnte.

»Wir müssen anlegen!«, rief Matti.

Mike leuchtete nach rechts in Richtung Ufer. Doch der Lichtstrahl reichte nicht weit genug, um etwas erkennen zu können.

»Weiter rüber!«, rief Mike nach hinten.

»Was?«, fragte Matti, weil der Lärm des Unwetters Mikes Stimme übertönte.

»WEI-TER RÜ-BER!«, brüllte Mike mit Leibeskräften. »DICH-TER ZUM UUUU-FER!«

»Was sagt er?«, fragte Matti.

Elly wiederholte es, ebenfalls laut schreiend.

»LINKS ODER RECHTS?«, fragte Matti.

Mike war es egal. Hauptsache, er kam dicht genug an ein Ufer, um halbwegs erkennen zu können, wo sie anlegen konnten.

»EGAL!«, half Elly wieder Matti.

Matti entschied sich für rechts, weil es ihm leichter fiel, das Paddel auf seiner rechten Seite ins Wasser zu stechen und so zu halten, dass das Boot zur gleichen Seite abbog. Jetzt steuerte das Boot direkt aufs Ufer zu oder, besser gesagt: zu jenem Bereich, der vielleicht einmal ein Ufer gewesen war. Jetzt war es nur noch überschwemmtes Gebiet, aus dem die Bäume erst ab einer Höhe hervorschauten, in der wohl normalerweise die

Vögel ihre Nester bauten. Wenn von denen noch eines in Benutzung wäre, hätten sie glatt mit dem Kanu heranfahren und die Eier aus den Nestern nehmen können, ohne aufstehen zu müssen. Mike hatte alle Mühe, den Weg auszuleuchten und Anweisungen nach hinten zu brüllen. Genau wie die anderen hatte Mike nicht die geringste Ahnung, wie man ein schwimmendes Boot durch Baumkronen steuerte.

»LINKS!«, rief er plötzlich aufgeregt. »LINKS!«

Sie fuhren direkt auf einen dicken Baum zu. In letzter Sekunde konnte Matti das Kanu um den mächtigen Stamm herummanövrieren. Nicht aber an den dicken Ästen vorbei.

»KOPF RUNTER!«, brüllte Mike.

Die vier duckten sich tief und rutschten soeben unter einem Ast durch.

»DAS WAR KNAPP!«, rief Mike erleichtert, wobei er seinen Kopf ein wenig nach hinten zu den anderen drehte und dadurch nicht mehr sehen konnte, was vorn auf ihn zukam.

»ACHTUNG!«, versuchte Gabriel, ihn noch zu warnen. Da war es schon zu spät.

Mikes Hinterkopf knallte gegen einen weiteren dicken Ast. Mit einem Schmerzensschrei kippte Mike vornüber und fiel auf Gabriel, der ihn auffing.

Mike hielt sich jammernd und stöhnend den Kopf. Dann krümmte er sich und begann zu weinen.

»O Scheiße!«, stieß Gabriel aus. Vor lauter Mitgefühl tat ihm fast schon selbst der Kopf weh. Mit einer Hand streichelte er Mike vorsichtig über den Kopf, mit der anderen tastete er nach der brennenden Taschenlampe, die Mike hatte fallen lassen. Als Gabriel sie erwischte, leuchtete er Mikes Kopf ab. Tatsächlich entdeckte er etwas Dunkles, flüssig Schimmerndes zwischen Mikes Haaren.

»Verdammt!«, rief Gabriel. »Er blutet!«

Wie immer in solchen Situationen fiel es Gabriel nicht ein, solche Meldungen ein wenig schonender auszudrücken. Im Gegenteil: Gabriel neigte dazu, zu dramatisieren.

Elly hoffte, dieses Mal würde es wieder so sein.

»Lass mal sehen«, sagte sie und rückte zu Gabriel auf.

Matti mühte sich währenddessen hinten redlich, das Kanu irgendwie zum Stillstand zu bekommen, schließlich fuhr er nun vollends blind.

»Hey!«, brüllte er in scharfem Ton. »Einer muss nach vorn leuchten!«

Elly hatte aber gerade erst die Lampe übernommen, um sich Mikes Wunde genauer anzusehen.

»Ist es schlimm?«, fragte Mike ängstlich.

»Ich glaube nicht«, antwortete Elly. Aber insgeheim war sie sich nicht sicher, ob sie das Ausmaß der Verletzung realistisch beurteilen konnte. Zu Beginn ihres Abenteuers hatten sie noch etwas Verbandzeug aus dem Flugzeug dabeigehabt. Doch vieles konnten sie entweder nicht mitnehmen oder hatten es unterwegs verloren. Eher aus Verzweiflung als mit einer Hoffnung, etwas zu finden, leuchtete Elly kurz in die Umgebung, hielt dann den Lichtstrahl der Taschenlampe auf eine bestimmte Stelle gerichtet und rief: »Da!«

Gabriel und Matti schauten dem Licht nach, erkannten aber nicht, was Elly meinte.

Elly ließ den Lichtkegel tanzen. »Na, da! Erkennt ihr es nicht? Das ist ein Bixa-Strauch! Die Indianer haben ihn Uruku genannt.«

»Ach der!« Gabriel winkte ab. »Den haben wir doch benutzt, um unsere Gesichter beim Fest anzumalen. Tolle rote Farbe. Aber was willst du jetzt mit dem? Bloß weil er rot ist wie Blut?«

»Quatsch!«, wies Elly ihn zurecht. »Als ich bei den Indianern krank in der Hütte lag, wurde doch irgendwann dieser verletzte fremde Indianer gebracht.«

»Mit seiner Schusswunde!«, erinnerte Gabriel sich.

»Ganz genau!«, bestätigte Elly. »Der Schamane hat seine Wunden unter anderem mit den Samen und Blättern dieser Pflanze behandelt!«

»Echt?«, fragte Gabriel.

Elly nickte. Sie war sich ganz sicher. »Ich vermute, das Extrakt ist entzündungshemmend und stillt offenbar auch ein bisschen die Blutungen.« Sie wandte sich um zu Matti. »Lasst uns hier anlegen!«

Matti verstand nicht so recht. »Wie meinst du das? Wo soll ich denn hier anlegen? Das ganze Land ist überschwemmt.«

»Wir binden einfach das Boot an einem Baum fest. Wie in einem Hafen. Und schlafen im Kanu«, antwortete Elly.

»Und der Regen?«, wandte Gabriel ein.

Elly tippte auf die zusammengeknüllte Plane, die sie zwischen ihre Sitzplätze gestopft hatten. »Entweder wir binden sie an die Bäume wie ein Dach oder legen sie einfach übers Boot und verkriechen uns darunter.«

»Ich bin fürs Festbinden an den Bäumen«, sagte Gabriel.

Elly war einverstanden. »Aber zuerst kümmern wir uns um Mikes Wunde.«

»Was brauchst du von dem Baum?«, fragte Gabriel.

Elly wusste es nicht so genau, vermutete aber, dass ein Brei aus Blättern und Samen ganz gut wäre.

Gabriel wollte die Taschenlampe in den Mund nehmen, um sich selbst den Weg leuchten zu können, aber dafür war sie zu groß. So schnappte er sich die Reste seines zerrissenen T-Shirts, legte die Lampe auf seinen Kopf und band den Stoff um den Kopf und machte über der Lampe einen dicken Knoten.

WUNDEN STERILISIEREN

Das Behandeln von Verletzungen, wie zum Beispiel Schnittwunden, ist extrem wichtig für das Überleben in der Wildnis.

Zuerst muss man die Wunde reinigen. Dazu am besten die verletzte Haut mit zuvor abgekochtem und abgekühltem Wasser spülen. Anschließend sollte die Wunde desinfiziert werden – entweder mit Alkohol oder auch mit Eigenurin.

Schließlich empfiehlt es sich in der Regel, die Wunde zu verbinden, und zwar mit einem sterilen, also keimfreien Verband.

Um einen Verband zu sterilisieren, sollte man den Verbandsstoff mindestens zehn Minuten lang in kochendes Wasser legen oder mindestens 15 Minuten in heißen Wasserdampf halten.

Achtung: Ist die Wunde tief und an den Rändern ausgefranst, muss die Wunde offen heilen, da beim Verbinden Bakterien eingeschlossen werden könnten.

SCHMERZLINDERUNG

Abgesehen von Schmerztabletten hilft gegen Schmerzen notfalls auch die betäubende Wirkung von Alkohol. Hat man keinen zur Verfügung, schafft auch eine Kältebehandlung Linderung.

Dazu muss man ein Tuch mit Wasser kühlen und dann auf die schmerzende Stelle, z. B. auf einen geprellten oder verstauchten Knöchel, legen. Das Tuch sollte man immer wieder nachkühlen. Wenn kein Fluss in der Nähe ist, kann man feuchte Blätter oder Tau nutzen, um das Tuch zu befeuchten.

Gegen Schmerzen helfen außerdem verschiedene Arten der Akupressur:

1. Leichtes Beklopfen der betreffenden Punkte mit der Fingerkuppe. Zwei bis drei Minuten lang.
2. Die entsprechenden Stellen mit einem Finger massieren. 30 Sekunden bis zwei Minuten lang, dabei kräftig drücken. Bei stärkeren Schmerzen geht dies auch mit den Fingernägeln statt mit einem Finger. Dies bedarf allerdings einiger Übung und sollte nur von echten Profis angewendet werden.

»Du siehst ganz schön bescheuert aus!«, bemerkte Elly lachend.

»Danke. Du mich auch«, konterte Gabriel. »Hauptsache, es funktioniert.«

Und das tat es. Wie eine etwas überdimensionierte Stirnlampe leuchtete die Taschenlampe ihm nun den Weg durch den Baum. Schnell war Gabriel mit einigen Blättern und Früchten zurück, aus denen sie dann die Samen herauspulten, sie mit den Blättern zusammen ins T-Shirt legten, umwickelten und mit kräftigen Knetbewegungen zermatschten. Am Ende schmierte Elly ihrem Bruder ein wenig davon auf die Wunde und band ihm das T-Shirt genau so um den Kopf, wie Gabriel es zuvor bei sich gemacht hatte, nur ohne Lampe. Das sah zwar blöd aus, aber wen interessierte es? Es hielt die Salbe auf der Wunde und stoppte zudem als Verband die Blutung.

»Zum Glück ist Mikes Wunde nicht ganz so schlimm wie deine Kopfwunde nach dem Absturz, Gabriel«, sagte Elly.

Sie alle erinnerten sich gut, wie sie nach dem Absturz verletzt im Dschungel aufgewacht waren. »Leider haben wir nämlich nichts mehr von diesem Wunderkleber.«

Matti lachte. »*Wund*kleber heißt der, nicht *Wunder*kleber.«

»Aber Wunderkleber würde auch ganz gut passen«,

kommentierte Gabriel, wobei er sich an die Stelle an seinem Kopf fasste, an der die Wunde gewesen war, von der er nichts mehr spürte.

»Mir ist ein bisschen schlecht!«, meldete sich Mike zu Wort.

Die anderen drei schauten ihn besorgt an.

»Dann hast du eine Gehirnerschütterung«, diagnostizierte Matti. »Hoffentlich nur eine leichte.«

»Aha«, sagte Mike leise. »Und … was tut man dagegen?«

Er fand, Gehirnerschütterung klang ziemlich bedrohlich.

»Nichts!«, beruhigte Matti ihn. »Im wahrsten Sinne des Wortes: nichts. Denn das Beste bei einer Gehirnerschütterung ist es, zu ruhen!«

»Na prima!«, raunzte Mike schnippisch. »Das passt ja bestens. Gut, dass wir sowieso nichts zu tun haben und hier nur Ferien machen!«

»Hey!«, wehrte Matti sich. »Ich kann nichts für deine Verletzung, okay?«

»Schon gut, schon gut«, muffelte Mike. »Sag doch gleich, ich bin selbst schuld, dass ich an den Baum gestoßen bin, weil ich zu dämlich bin.«

»Hör auf!«, schimpfte Elly mit ihm und wandte sich dann an Matti: »Hat seine schlechte Laune auch mit der Gehirnerschütterung zu tun?«

»Nein, eigentlich nicht«, versicherte Matti. »Außer,

GEHIRNERSCHÜTTERUNG

Unser Gehirn schwimmt im Schädel in der sogenannten Hirnflüssigkeit und wird durch den Schädelknochen vor äußeren Einflüssen geschützt. Schlägt das Gehirn plötzlich und ruckartig an den Schädelknochen an – wie es beispielsweise bei einem Sturz oder einem Schlag auf den Kopf der Fall ist –, kann es zu einer **Gehirnerschütterung** kommen.

Eine solche Verletzung kann beim Sport oder im Straßenverkehr schnell auftreten. Die Gehirnerschütterung zählt deshalb zu den häufigsten Kopfverletzungen.

Oft kommt es bei einer Gehirnerschütterung zu einer kurzen Phase (wenige Sekunden bis einige Minuten) der Bewusstlosigkeit, der Bewusstseinsstörung oder zu einer Gedächtnislücke. Wacht der Betroffene wieder auf, kann er sich meist nicht mehr an den Unfallhergang erinnern.

Außerdem kann es bei einer Gehirnerschütterung zu Übelkeit und Erbrechen, Benommenheit und Schwindelgefühlen sowie Sehstörungen und Kopfschmerzen kommen. Einige dieser Symptome können auch erst verzögert – in etwa bis zu zwölf Stunden nach dem Unfall – auftreten.

Normalerweise klingen die Beschwerden nach einigen Tagen von selbst wieder ab.

Was hilft?

Ruhe dich auf jeden Fall einige Tage lang aus und vermeide körperliche Anstrengungen, wie z. B. Sport. Zu Beginn solltest du außerdem auf langes Lesen und ähnliche Anstrengung der Augen verzichten, damit sich das Gehirn in Ruhe erholen kann. Gegen Beschwerden wie Kopfschmerzen oder Übelkeit helfen entsprechende Medikamente. Heilt die Verletzung gut ab, ist man – je nach Schweregrad der Gehirnerschütterung – nach circa einer Woche wieder einsatzfähig.

dass er sich darüber ärgert, sich den Kopf gestoßen zu haben.«

»Das ist aber auch zu blöd, verdammt nochmal!«, fluchte Mike.

»Okay, das reicht!«, wies Elly ihn nochmals zurecht. »Wir haben jetzt anderes zu tun. Plane aufspannen und schlafen. Wir werden auch morgen einen anstrengenden Tag vor uns haben. Und hoffentlich hört es bald mal auf zu regnen!«

Eine unerwartete Begegnung

Ellys Wunsch sollte sich nicht erfüllen. Als es am Morgen hell wurde und sie erwachte, goss es noch immer in Strömen. Elly hob den Kopf und stieß sofort gegen die über sie gespannte Plane. So hoch war also der Wasserpegel schon wieder gestiegen. Elly lugte über den Bootsrand hinweg hinaus in die Welt. Doch weit reichte der Blick nicht. Der niederprasselnde Regen und die aufsteigende dichte Feuchtigkeit nahmen ihr fast vollständig die Sicht.

Auch die anderen wachten auf und betrachteten niedergeschlagen das schlechte Wetter.

»Können wir bei dem Regen überhaupt weiterfahren?«, fragte Gabriel.

»Wir müssen!«, stellte Elly klar. »Oder willst du bis zum Beginn der Trockenzeit in ein paar Monaten an den Baum gebunden ausharren?«

Das wollte Gabriel natürlich nicht. Dennoch konnte

er sich kaum vorstellen, sich bei den heftigen tropischen Regenfällen und schlechter Sicht mit dem schaukelnden Kanu auf den Fluss zu wagen. Sie saßen in einer Zwickmühle.

Elly wandte sich an Mike. »Wie fühlst du dich?«

Da er gerade erst erwacht war, wusste Mike es noch nicht so recht. Er betastete seinen Kopf, sah sich um, horchte in sich hinein.

»Irgendwie noch leicht benommen«, sagte er schließlich.

»Das ist noch die Gehirnerschütterung«, versicherte Matti und riet ihm: »Vermeide hastige Bewegung und körperliche Anstrengungen. Gabriel kann paddeln. Dann setzt du dich in die Mitte. Haben wir noch etwas zu essen?«

Elly schaute nach. »Die Ravioli sind leider alle. Wir haben nur noch ein paar Früchte.«

»Wir könnten versuchen, ein paar Fische zu fangen«, schlug Mike vor.

Davi und seine Gefährten hatten den Kindern einen Bogen mit einer Handvoll Pfeilen und zwei gute Speere überlassen. Mike hatte seine selbstgefertigten Speere auch mitgenommen. Damit konnten sie auf Jagd gehen, ohne Aufmerksamkeit auf sich zu ziehen, wie es bei einem Gewehrschuss der Fall gewesen wäre. Den Umgang mit den Waffen der Indianer hatten sie direkt bei ihnen im Dorf gelernt.

»Du jagst auf keinen Fall!«, bestimmte Matti. »Nicht mit deiner Gehirnerschütterung!«

»Okay!«, stimmte Mike zu, auch wenn es ihn ärgerte.

Gabriel hatte ganz andere Bedenken. »Bei dem Unwetter fischen?«, fragte er. »Das klappt doch nie.«

»Warum nicht?«, wollte Mike wissen.

Für Gabriel lag die Antwort auf der Hand. »Na, zum Beispiel, weil wir die Fische bei dem heftigen Regen gar nicht erst sehen. Das Wasser ist trüb und aufgewühlt. Und unentwegt prasselt der Regen auf die Oberfläche.«

»Dann müssen wir etwas Größeres jagen!«, schlug Mike vor.

Die anderen wussten sofort, wovon er sprach. Die meisten Tiere waren vor dem Hochwasser getürmt. Die einzigen Tiere, die sich noch blicken ließen, waren verschiedene Affenarten und hier und da mal ein Faultier.

»O nein, Leute!«, widersprach Elly. »Nicht schon wieder diese Diskussion. Wir werden keine süßen Äffchen schlachten!«

Gabriel nickte zaghaft. Er hatte zwar kein Problem damit, Affenfleisch zu essen, und sie hatten auch bei dem indigenen Volk gelernt, sie zu erlegen. Allerdings hatten die Frauen des kleinen Volkes die Arbeit übernommen, sie auszunehmen, das Fell abzuziehen, die

Tiere fachgerecht zu zerlegen und das Fleisch zuzubereiten. Nie und nimmer wollte Gabriel das tun, wie er zugeben musste.

»Du wirst hier aber keinen Supermarkt finden, wo du dein Fleisch sauber und mundgerecht abgepackt kaufen kannst«, bemerkte Mike schnippisch. »Und auch die Frauen vom Indianervolk sind weit weg.«

»Dann bereite du doch die Affen zu«, erwiderte Gabriel und fand die Zustimmung von Elly.

Nun verzog Mike das Gesicht. Wenn er ehrlich war, konnte er sich das auch nicht vorstellen.

»Und eine Schlange?«, fragte Elly. Sie hatten schon einmal – aus der Not heraus – eine Schlange geschossen und anschließend das Fleisch gegrillt. Es hatte überraschend gut geschmeckt. Einen Affen zu erschießen kam für Elly nicht in Frage; bei einer Schlange hatte sie keine Skrupel.

Mike zuckte mit den Schultern. »Wenn du eine siehst …?«

Elly schaute sich um und sah – keine. Das war das Problem mit den Schlangen im Dschungel. Wenn man sie entdeckte, war es meist zu spät.

»Wir haben genug Zeit vertrödelt mit unserem Gerede«, ging Matti schließlich dazwischen. »Gabriel und ich klettern in die Bäume und sammeln Früchte.« Er zeigte auf verschiedene Bäume. »Guckt mal, dort gibt's Feigen, dort Açaí, Bacuri und Cupuaçu.«

Gabriel legte seinen Kopf in den Nacken. Die Açaí-Palme war rund 15 Meter hoch, der Bacuri-Baum maß etwa 30 Meter. Zwar lagen sie mit dem Kanu vermutlich schon zwei, drei Meter höher als sonst, vielleicht auch noch höher, aber eine waghalsige Kletterpartie stand ihnen trotzdem bevor.

»Es nützt ja nichts.« Matti klatschte in die Hände. »Also los!«

»Passt bloß gut auf!«, gab Elly den beiden mit auf den Weg. »Die Stämme sind nass und glitschig. Und der Starkregen wird euch das Klettern zusätzlich schwermachen.«

Matti und Gabriel waren zwei sehr geschickte Kletterer, was vermutlich daran lag, dass sie zu Hause nur über die Straße zu gehen brauchten, um im Regenwald zu sein. Zwar durften sie laut Anweisung ihrer Eltern nur maximal hundert Meter tief in den Wald hineingehen, aber das genügte, um direkt vor der Haustür die tollsten Kletterbäume zu finden. In einem davon hatten sie sich mit Hilfe ihrer Mutter, die Ingenieurin war, ein tolles Baumhaus gebaut. Leider waren Mike und Elly nicht dazu gekommen, es sich anzusehen. Kaum hatten sie die beiden Brüder kennengelernt, hatte auch schon ihr Flug ins Verderben begonnen.

Nun schauten Mike und Elly den Jungs nach, wie sie verschollen irgendwo tief im Dschungel schwindelerregend hohe Bäume hinaufkraxelten, um ihnen

AÇAÍ-PALME

Die **Açaí-Palme** *(Euterpe oleracea)* ist eine schlanke tropische Palme mit kräftigem Stamm und einer Blätterkrone. Die Palme kann mehr als zwanzig Meter hoch werden. Sie wächst in der Regel auf überschwemmten Flächen und im Sumpfland des Amazonasgebiets.

Der Baum bildet unterhalb der Krone sechs bis acht Büschel, von denen jedes circa 700 bis 900 der kirschgroßen Açaí-Beeren enthält. Die Haupterntezeit ist von August bis Dezember.

Um die Früchte herauszulösen, legt man sie am besten in einen Topf mit warmem Wasser und rührt, bis sich die Schale und die dünne Schicht Fruchtfleisch von den großen Kernen löst.

Die Açaí-Beeren sind kalorienreich und enthalten viel Eisen, Kalzium, Phosphor, Kalium und die Vitamine B_1 und B_2. Deshalb werden sie auch sehr gern von Sportlern in Fitnessriegeln, Sportgetränken u. Ä. genutzt.

Außer den Beeren sind auch andere Bestandteile der Pflanze nutzbar. Palmherzen, eine weiche, weißliche Masse aus dem Ansatz der Palmwedel, gelten als besondere Delikatesse in Salaten. Aus den Wurzeln der Palme wird Medizin zum Abtöten von Parasiten hergestellt. Aus den Palmfasern können Besen gefertigt werden. Und aus den Blättern kann man Papier herstellen. Die Baumstämme dienen auch als sehr gutes Bauholz.

Essen zu besorgen. Gabriel hatte die Krone eines Feigenbaums erreicht und musste das ohrenbetäubende, wütende Geschrei einer Affenhorde über sich ergehen lassen, die nicht bereit war, auch nur eine einzige Frucht aus ihrem »Besitz« mit jemandem zu teilen. Für Gabriel war das keine Überraschung, und so ertrug er das Wutgebrüll der Affen mit stoischer Ruhe, während er die Feigen pflückte. Nur einmal, als ein kleines keckes Äffchen ihm drohend zu nahe kam, scheuchte Gabriel es weg und rief ihm hinterher: »Hey! Wir pflücken Feigen, damit wir euch nicht töten müssen. Und ihr pöbelt uns dafür an? Wie seid ihr denn drauf? Sind doch genug Feigen für alle da!«

Matti musste noch höher hinauf. Wie ein Profifrüchteverkäufer rutschte er die Palme hinauf, um an die wertvollen Açaí-Beeren zu kommen. Elly hielt den Atem an, als sie Matti hoch oben, ohne jegliche Hilfsmittel, am rutschigen Palmenstamm entlanghangeln sah.

Sie erinnerte sich an einen Zirkusbesuch vor einigen Jahren. Damals hatte sie den Artisten, die in der Zirkuskuppel am Trapez die waghalsigsten Kunststücke vorführten, mit einer ähnlichen Anspannung zugesehen. Nur mit dem Unterschied: Die Zirkuskuppel war nicht ganz so hoch gewesen wie diese Palme, die Artisten hatten unter sich ein Sicherheitsnetz gespannt, und es war trocken gewesen. Matti kletterte ohne jegliche Sicherheitsvorkehrung, mit nackten Füßen und Händen, im strömenden, peitschenden Regen die rutschige Palme hinauf. Nur für ein paar Früchte.

Elly konnte nicht weiter hinsehen. Was war das für ein Irrsinn? Wieso hungerten sie nicht einfach ein paar Stunden, statt Matti und Gabriel in solch gefährliche Situationen zu schicken? Was war, wenn einer von ihnen abstürzte? Oder gar beide? Das Mindeste wäre, dass sie sich schwer verletzten, was unter den Bedingungen im Dschungel vermutlich noch die schlechtere Variante war, als sofort zu sterben.

Elly war kurz davor, hinaufzubrüllen, dass die beiden umkehren sollten. Doch es war zu spät. Sie waren schon viel zu hoch hinaufgeklettert. Wahrscheinlich würden sie Ellys Rufe gar nicht mehr hören oder auf die Entfernung und bei dem lauten Regen falsch verstehen. Am Ende würde Elly vermutlich mehr Verwirrung stiften, als den beiden zu helfen. Jetzt konnte sie nur noch dasitzen und Daumen drücken oder beten, dass alles gutging.

Auch Mike sah ängstlich zu ihren Freunden hinauf. Und mit einem Mal entdeckte er etwas. Eine höchst eigentümlich wirkende Gestalt, die er durch den dichten Vorhang des tropischen Regengusses kaum erkennen konnte.

»Was ist das?«, fragte Mike und zeigte zum Baum

hinauf. Gar nicht weit entfernt von der Stelle, an der Matti gerade ankam.

Elly kniff die Augen ein wenig zusammen, schaute genau hin. »Ein Affe?«

»Ohne Schwanz?«, fragte Mike. »Soweit ich sehe, hat der keinen Greifschwanz. Aber er sitzt da auf einem dünnen Ast. Wie hält der sich fest?«

»Ist das etwa ein Mensch?«

Mike hörte die Aufregung in Ellys Stimme, aber er schloss diese Möglichkeit aus.

»Ein Mensch? Der hat doch ein Fell. Außerdem: Ein Mensch würde sich entweder verstecken oder uns zurufen. Aber nicht dort oben gut sichtbar herumsitzen und gar nichts tun.«

»Stimmt«, pflichtete Elly ihrem Bruder bei. »Aber so ein … äh …Tier … hab ich noch nie gesehen. Hat irgendwie etwas von einer Katze!«

Mike schaute erst sie mit großen Augen an, dann wieder hinauf zu Matti. Lauerte dort ein Leopard? So hoch oben?

Nein! So sah keine Raubkatze aus.

»Moment mal«, sagte Mike schließlich. »Den hab ich doch schon mal gesehen. In meinem Buch.«

Er griff in seine Hosentasche, blätterte und fand, was er suchte. Kurz darauf informierte er seine Schwester: »Ein Kahlgesichtiger Saki!« Er las noch ein wenig weiter.

Kahlgesichtiger Saki

Der **Kahlgesichtige Saki** ist ein scheuer Primat mit goldfarbenen Beinen. Sakis zählen zu den Neuweltaffen und sind im Amazonas und in Teilen Südamerikas heimisch. 2014 wurden fünf neue Arten von Sakis entdeckt, die in diesen Regionen leben.

Zuerst erwähnt wurde der Kahlgesichtige Saki von einem Forscher aus Ecuador, Alfonso Ollala, im Jahre 1936. Wiederentdeckt wurde die Art 2014 durch die Direktorin des Global Conservation Institute, Laura Marsh, während einer speziell dafür durchgeführten Expedition.

Der Kahlgesichtige Saki hat im Gegensatz zu vielen anderen Neuweltaffen keinen Greifschwanz, mit dem er sich durch die Bäume schwingen kann. Dadurch wirken die Sakis eher wie Katzen, die auf allen vieren über dünne Äste laufen. In der Nähe von Dörfern werden sie gejagt, weshalb sie sehr scheu sind. In abgelegenen Regionen aber nähern sie sich Menschen durchaus neugierig.

»Ein was?«, fragte Elly.

Doch Mike konnte nicht mehr antworten. Denn in dem Moment bäumte sich der Saki auf und machte Anstalten, auf Matti loszugehen.

»Scheiße!«, fluchte Elly. »Was hat der vor?«

Jetzt hatte Matti ihn auch entdeckt. Ihm fiel nichts anderes ein, als still zu halten. Es war nicht einfach, an einem Palmenstamm hinaufzuklettern. Noch schwieriger war es, in einer Position zu verharren.

»Wir müssen Matti helfen!«, rief Elly aufgebracht und griff instinktiv zum Gewehr.

»Nicht!«, ging Mike dazwischen. »Das ist ein ganz seltenes Tier«, berichtete er, was er gerade in seinem Büchlein erfahren hatte. »Achtzig Jahre lang wurde kein Kahlgesichtiger Saki mehr gesehen. Die Art wurde erst 2014 wiederentdeckt. Seitdem rätseln die Forscher, wie viele es überhaupt noch gibt.«

»Aber wir müssen Matti schützen!«, wandte Elly ein. Sie hatte das Gewehr bereits angelegt und den Affen im Visier.

»Sie sind ängstlich«, referierte Mike. »Und hauen lieber ab, als zu kämpfen.«

»Das sieht mir aber nicht so aus«, widersprach Elly, die den Affen jetzt durchs Zielfernrohr genauer sah. Ihr Zeigefinger legte sich langsam auf den Abzug.

»Wenn du schießt, könntest du Matti treffen!«, befürchtete Mike.

»Ich passe auf«, versprach Elly. Sie fixierte ihr Ziel aufs Neue, konzentrierte sich, hielt den Atem erst ruhig, dann ganz an, krümmte langsam den Zeigefinger und – schoss.

Mike zuckte zusammen.

Über dem Saki knickte ein Ast ab, fiel dem Tier auf den Kopf, das sich daraufhin umdrehte und mit einem kurzen, lauten Aufschrei panisch die Flucht ergriff.

Zeitgleich aber erschrak Matti so sehr, dass er für eine Millisekunde sein Klammern um die Palme lockerte. Das war schon zu viel. Sofort verlor er den Halt und stürzte in die Tiefe.

»Matti!«, schrien Mike und Elly wie aus einem Mund. Gabriels Aufschrei war ebenso zu hören wie der Angstschrei von Matti.

Doch dann war Matti verschwunden.

Hilfe

MATTIIIIIII!«, brüllte Gabriel aus dem Feigenbaum heraus.

Hastig kletterte er wieder herunter, um nach seinem Bruder zu sehen.

»Pass auf!«, rief Elly ihm zu. »Nicht, dass du auch noch abstürzt!«

Gabriel ignorierte die Warnung.

»Wo ist er?«, brüllte er aufgeregt. »Könnt ihr ihn sehen?«

»Nein!«, antwortete Mike. Er und seine Schwester hatten sich in dem wackeligen Boot jetzt aufrecht hingestellt, um einen besseren Überblick zu bekommen. Aber sie entdeckten Matti trotzdem nicht.

»Ich kann auch nichts sehen von hier oben!«, rief Gabriel und kletterte weiter hinunter.

»MATTIIIII!«

»Hier!«, kam es plötzlich von irgendwoher. Ein eher gurgelndes Geräusch als ein Ruf.

»MATTI?«, fragte Gabriel nach. »Bist du da?«

»Hier!«, wiederholte Matti. Dieses Mal kam die Antwort etwas klarer.

»Wo?«, hakte Gabriel nach. »Bist du verletzt? Was ist mit dir?«

Mit einem Mal tauchte Mattis Kopf neben einem Busch, der aus dem Wasser herausragte, auf.

Mike entdeckte ihn zuerst. »Da!«, rief er. »Da ist er! Matti! Hier!«

Matti kam langsam aufs Kanu zugeschwommen.

Gabriel hatte erst die Hälfte seines Wegs geschafft, aber er hatte das Boot und somit Matti nun im Blick. »Matti!«, rief er mit zittriger Stimme. »Alles in Ordnung?«

Matti hielt sich am Rand des Bootes fest. Mit Hilfe von Mike, der ihn an den Armen hochzog, hievte Matti sich ins Boot, ließ sich auf den Boden rollen und rappelte sich langsam auf.

Elly erschrak, als sie Matti jetzt so vor sich sah. Sein Gesicht, seine Arme und auch sein Oberkörper waren übersät mit blutigen Schrammen, sein Shirt völlig zerrissen, seine Hände blutig.

»Meine Güte!«, entfuhr es Elly.

»Hast du noch etwas von Mikes Wundpaste?«, fragte Matti. »Ich glaube, ich sollte mich komplett damit einreiben.«

»Was ist denn mit dir passiert?«, fragte Elly entsetzt.

Gleichzeitig fiel ihr ein, wie blöd diese Frage war. Sie hatte ja selbst erlebt, wie Matti vom Baum gefallen war. Ein Wunder, dass er überhaupt überlebt hatte.

»Zum Glück haben wir Regenzeit und Überschwemmung«, erläuterte Matti. Er zuckte kurz zusammen, weil er sich wohl den linken Arm geprellt hatte. »So bin ich im Wasser gelandet und nicht auf dem Boden.«

Er sah an seinem Körper herunter. »Aber so ein Flug durchs Geäst hinterlässt eindeutig seine Spuren.«

»Aber sonst alles okay mit dir?«, fragte Mike besorgt nach. Matti sah wirklich furchtbar aus.

»Ich denke schon«, antwortete Matti, während er weiterhin alles an sich genau unter die Lupe nahm und untersuchte. »Ich habe Glück gehabt. Nichts gebrochen oder so.«

»O Mann!«, stöhnte Elly. »Das hätte echt böse ausgehen können.«

»Ja«, bestätigte Matti. »Aber wer einen Flugzeugabsturz überlebt, wie wir, der kann auch ruhig mal vom Baum plumpsen.«

Er, Elly und Mike lachten erleichtert auf.

»Wir sollten unseren Schutzengel nicht zu sehr auf die Probe stellen«, sagte Elly. »Es war eine bescheuerte Idee, so hoch in die Bäume zu klettern wegen ein paar Früchten. Aber das ist mir leider erst zu spät eingefallen.«

»Ja, du hast recht«, stimmte Matti ihr zu.

Jetzt hatte auch Gabriel endlich das Boot erreicht. Erleichtert und mit Freudentränen in den Augen sprang er auf seinen Bruder zu, umarmte ihn und rief immer nur: »Matti! Mein Matti! Gott sei Dank!«

»Aua!«, quiekte Matti auf. »Vorsichtig. Mir tut alles weh!«

Gabriel schreckte zurück. »Oh, Entschuldigung! Doch was gebrochen?«

»Nein, nein!«, versicherte Matti. »Aber die Wunden brennen.«

Mike reichte ihm etwas von dem selbst zusammengemixten Brei. »Ich glaube, der tut wirklich gut.«

Er hielt sich den Kopf, auf dem die Blutung aufgehört hatte.

»Danke!« Matti nahm den Brei entgegen und begann, damit seine größten Wunden einzureiben. »Jetzt sollten wir aber wirklich machen, dass wir von hier fortkommen, Leute.«

»Okay! Mike und Matti, ihr beide ruht euch aus und werdet wieder gesund. Wir paddeln diesmal, oder, Gabriel?«

»Klar!«, erklärte Gabriel sich bereit. »Wo willst du …?«

»Hinten!«, antwortete Elly. Das Steuern eines Kanus traute sie sich durchaus zu. Im See ihres Stadtparks zu Hause hatte sie das schon öfter gemacht.

Sie deckten das Boot in der Mitte mit der Plane ab,

so dass nicht ganz so viel Wasser hineinregnete, und paddelten los. Die ersten Meter ging es sehr gut. Die dichten Baumkronen hielten einiges des unvermindert auf sie niederprasselnden Regens ab, und sie glitten leicht durch die engen Gässchen, die die Bäume und Sträucher bildeten, hindurch. Doch als sie den eigentlichen Fluss erreichten, begannen die Probleme.

Sie hatten noch nicht einmal die Mitte des immer breiter werdenden Stroms erreicht, da wurden sie schon gegen ihren Willen mitgerissen.

Elly kam sich vor wie bei einer Wildwasserfahrt. Sosehr sie sich auch mühte, sie schien überhaupt keinen Einfluss mehr auf die Fahrtrichtung nehmen zu können. All ihre Versuche, das Kanu in ihre Gewalt zu bringen, scheiterten. Wie eine Nussschale ließen die Wellen und die Strömung das Boot auf dem Wasser tanzen, schaukeln und sich drehen.

»Ich schaff's nicht!«, rief Elly verzweifelt. Mittlerweile war sie schon froh, das Paddel nicht aus den Händen verloren zu haben, auf denen sich bereits nach kürzester Zeit erste schmerzhafte Schwielen bildeten.

»Warte!«, rief Matti. Er rückte zu Elly hinüber, nahm ihr das Paddel ab und sagte: »Ich helfe dir. Übernimm du vorn!« Denn Matti hatte schon erkannt, dass Elly besser mit den Widrigkeiten zurechtkam als sein kleiner Bruder Gabriel, der vollkommen hilflos immer wieder ins Wasser stach, die Seite wechselte, erneute

Paddelversuche unternahm, aber dem Kanu letztlich keinerlei kontrollierte Bewegungen abtrotzen konnte.

Matti nahm dort Platz, wo eben noch Elly gesessen hatte. Die wiederum kletterte vorsichtig nach vorn und übernahm Gabriels Platz.

»Achte darauf, dass nichts von unserer Ausrüstung über Bord geht!«, wies Elly ihn an.

»Okay!«, versprach Gabriel. Sofort ging er mit Mikes Hilfe daran, mit den Seilen ihr weniges Hab und Gut zusammen und im Boot festzubinden. Das Schaukeln des Kanus wurde heftiger. Und Elly wünschte, sie würden in einem Kajak statt einem Kanu fahren. Das wäre dem wilden Wasserlauf vermutlich eher gerecht geworden. Aber sie mussten mit dem vorliebnehmen, was sie hatten.

»Aaaachtung!«, rief Elly plötzlich, als ein großer abgebrochener Ast voller Laub vor ihnen den Weg versperrte. Es konnte sich nur um Treibgut handeln, das aber offenbar irgendwo festklemmte. Denn der Ast bewegte sich nicht fort, sondern lag quer wie eine Sperre auf dem Wasser.

»RECHTS vorbei!«, gab Elly nach hinten zu Matti durch.

Matti stemmte sich gegen die Strömung, die ihn nach links treiben wollte. Dafür musste er so fest zupacken, dass ihm die blutigen Hände nur so brannten. Für einen Moment schreckte er zurück, im selben Augenblick riss ihm eine Welle, die gegen das Boot schlug, das Paddel aus der Hand.

Mit einer blitzartigen Reaktion fasste Matti nach, beugte sich dabei aber zu sehr über den Rand des Bootes hinaus. Glücklicherweise klemmte er sich dennoch mit den Füßen an der Sitzbank des Kanus fest. Doch dadurch verlagerte er ruckartig das Gewicht auf die linke Seite, genau zu derselben Seite, zu der die Strömung das Kanu ohnehin riss.

Matti merkte zu spät, dass er mit seiner Bewegung das gesamte Boot aus seinem Gleichgewicht brachte. Mehr als ein lautes »Achtung! Scheiße!« brachte er nicht mehr heraus. Da kippte das Kanu zur linken Seite um, und die Kinder stürzten heraus.

Elly, Mike und Gabriel hatten genug damit zu tun, sich zu schützen, um das umkippende Boot nicht auf ihre Köpfe geknallt zu bekommen. Besonders hart traf es Mike, der aus Angst, etwas auf seine Kopfverletzung abzubekommen, im Fallen nur die Arme hochriss, um seinen Schädel zu schützen, und somit völlig unkontrolliert und ohne jede Körperspannung oder Schwimmbewegung einfach nur absackte wie ein Stein. Zu allem Überfluss vergrub das umgedrehte Boot ihn unter sich.

Mike nahm das Kanu von unten in der trüben Brühe nur schemenhaft wahr. Aber er wusste, dass er sich davon befreien musste. Unter Wasser versuchte er nun einige Schwimmbewegungen. Schließlich tauchte er ein paar Meter von dem gekenterten Boot entfernt, von dem nur noch das Heck aus dem Wasser herausragte, auf.

Mike schaute sich um und rief sofort nach den anderen. Unweit von sich sah er Elly.

»Elly! Bist du okay?«

»Ja!«, kam die Antwort. Ohne weiter zu überlegen, schwamm Elly auf das Boot zu.

Jetzt tauchte Gabriel auf. Ebenfalls unversehrt.

»Wo ist Matti?«, lautete seine erste Frage.

Mike und Elly schauten sich um. Elly entdeckte ihn. »Dort hinten!«

Jetzt sah Mike ihn auch. Matti kraulte im Sprinttempo, aber von ihnen fort.

»Was macht er denn da? Er hat wohl die Orientierung verloren und schwimmt in die falsche Richtung!«, befürchtete Mike.

Doch Elly erkannte, was Matti tatsächlich vorhatte.

»Nein! Er schwimmt dem Paddel hinterher!«

»NICHT!«, schrie Mike. »Spinnt der? Er schwimmt mit der Strömung. Deshalb ist er so schnell. Der kommt doch nicht wieder zurück. Wie soll man gegen diesen Strom anschwimmen!«

»O nein, du hast recht!«, merkte Gabriel erst jetzt.

Mike sah, dass sie selbst ebenfalls von der Strömung mitgerissen wurden. Ihr Boot hatte sich offenbar irgendwo verhakt. Denn eben waren sie noch genau neben dem Boot gewesen. Elly hatte es ja gleich erreichen wollen, um nachzusehen, ob noch etwas zu retten war. Jetzt aber lag das Kanu schon zehn oder fünfzehn Meter hinter ihnen. In die andere Richtung driftete Matti immer weiter ab.

»Verdammt, er muss anhalten und sich irgendwo festhalten!«, erkannte Elly.

Doch Matti bemerkte nichts. Er schwamm unbeirrt weiter.

»MATTIIIIIIII!«, brüllten die drei gemeinsam, so laut sie konnten.

Vergeblich.

So schien es zunächst.

Doch dann ... Mit einem Mal drehte Matti sich um, streckte den Arm aus dem Wasser und winkte.

»Winkt der uns zu, oder ist das ein Hilferuf?«, fragte Gabriel.

Das war aus der Entfernung schwer zu bestimmen.

Dann stellte Mike fest: »Das ist ein Hilferuf, aber er gilt nicht uns!«

»Hä?«, sagte Elly und wollte gerade fragen, was Mike damit meinte.

Doch da riss auch Mike plötzlich die Arme hoch.

»Der meint den da! – HALLOOOOO!! HIERHEEEEER!«

Elly schaute in den Himmel und sah einen schwarzen Punkt durch die Regengischt auf sie zukommen. Sie konnte im ersten Moment gar nicht glauben, was sie dort sah. Sollte es tatsächlich … War das wirklich …?

»EIN HUBSCHRAUBER!«

Sofort begann auch sie, die Arme aus dem Wasser zu reißen, mit den Händen zu wedeln und zu schreien, was die Kehle hergab.

Auch Gabriel brüllte um Hilfe.

Niemand von ihnen ließ in diesem Moment den Gedanken zu, dass es sich auch um einen Hubschrauber der Gangster handeln konnte, der zu ihrem geheimen Drogenlabor flog. Denn allen war klar: In ihrer jetzigen Situation, schutzlos, verletzt und ohne jegliche Ausrüstung im reißenden Strom des Amazonas, bei unwetterartigen Regenfällen und mit einem gekenterten Boot, war dieser Hubschrauber ihre einzige Chance zu überleben. Egal, ob es Gangster oder Polizisten waren: Dieser Hubschrauber musste sie wahrnehmen und aus dem Wasser fischen. Es war ihre letzte Chance!

»HAAAALLOOOOOOOOOO!«, schrien sie alle gemeinsam und immer wieder, während der Hubschrauber über sie hinwegflog.

Doch er entfernte sich nicht. Im Gegenteil. Er flog eine enge Kurve und kehrte um.

»Er kommt zurück!«, rief Mike.

Erneut wedelten die Kinder mit den Händen und schrien aus Leibeskräften.

Bis der Hubschrauber über ihnen in der Luft stehen blieb.

»Er hat uns gesehen!«, jubelte Elly.

Als aus der seitlichen Tür sich plötzlich ein Mann abseilen ließ, wusste Mike: Sie waren gerettet!

Schaffen Mike und seine Freunde es zurück nach Hause?
Das spannende Abenteuer geht weiter in Band 4, blättere schnell um …

Andreas Schlüter

SURVIVAL

UNTER PIRANHAS

Band 4

LESEPROBE

(ISBN 978-3-7373-4130-1)

Ab Frühjahr 2019 im Buchhandel erhältlich!

Sie waren gerettet. So dachten sie.

Doch als der Mann sich bis auf die halbe Höhe zwischen Hubschrauber und Wasser zu den Kindern abgeseilt hatte, schoss plötzlich ein Pfeil vom Ufer her auf den Mann zu und durchbohrte sein rechtes Bein. Der Mann schrie auf und schaffte es wohl nur mit äußerster Kraftanstrengung, nicht loszulassen und abzustürzen. Er brüllte seinen Kollegen etwas zu, das die Kinder wegen des Motorenlärms nicht verstehen konnten. Weitere Pfeile sirrten in Richtung des Mannes, verfehlten ihn dieses Mal aber knapp. Eilig wurde er mit der Seilwinde wieder hinauf in den Hubschrauber gehievt.

»Nein!«, brüllte Mike. »Hierbleiben!«

Auch Matti, Elly und Gabriel schrien, so laut sie konnten, gegen den Lärm des Helikopters an.

Vergeblich.

Ihr verletzter Retter wurde von seinen Kollegen an

Bord gezogen. Kurz darauf drehte der Hubschrauber ab und – flog davon.

Fassungslos schaute Mike ihm nach.

»Nein!«, rief er nochmal voller Verzweiflung. »Das ... das ...!«

Ihm fehlten die Worte. Er konnte nicht glauben, was er soeben mit eigenen Augen gesehen hatte. Die Rettung war so nah gewesen. Der Mann hatte gerade mal ungefähr fünf Meter über ihnen gehangen, als der Angriff begonnen hatte.

Läppische fünf Meter, die sie von der ersehnten Rettung getrennt hatten.

Und jetzt? Waren ihre Retter auf und davon geflogen.

»D- das ... stotterte Mike erneut, während er und seine Freunde nach wie vor gegen die Strömung ankämpften. »Das kann ...«

Kurz geriet sein Kopf wegen einer Welle unter Wasser.

Mike tauchte wieder auf, hustete kurz und setzte seinen Satz fort: »Das kann doch nicht wahr sein!«

»Was war das überhaupt?«, fragte Gabriel.

Zwischen den Schwimmzügen streckte er immer wieder seine Arme aus, in der Hoffnung, irgendetwas fassen zu können, woran er sich festhalten konnte. Aber da war nichts. So schwamm er tapfer weiter gegen die Strömung an.

»Das müssen die Indianer gewesen sein! Aber wieso haben sie angegriffen?«

»Keine Ahnung!«, rief Elly ihm zu. »Aber wir müssen hier weg. Irgendwie!«

Das »Irgendwie« war berechtigt. Denn keiner der vier hatte eine Idee, wie sie aus dem reißenden Fluss entkommen sollten. Und sie trieben auf einen Wasserfall zu, schon bald würden sie in die Tiefe stürzen!

Elly sah keine andere Chance, ihr Leben zu retten, als so schnell wie möglich das Ufer zu erreichen, von dem keine Pfeile gekommen waren. »Mist, dass Davi und seine Jungs nicht hier sind. Die könnten den Indianern sagen, dass wir Freunde sind!«, rief Gabriel.

»Und wenn es ein feindlicher Stamm ist?«, warf Mike ein.

Doch Matti widersprach: »Ich glaube nicht, dass die indigenen Völker sich untereinander bekriegen!«

»Vorsicht!«, rief Elly dazwischen.

Vor ihnen tauchte die Spitze eines Felsens auf. Er war anscheinend zu glitschig, um sich daran festhalten zu können, und der drohende frontale Aufprall würde sehr schmerzhaft werden. Mit äußerster Kraftanstrengung gelang es ihnen, dem Steinbrocken auszuweichen. Die starke Strömung erlaubte kein zielgerichtetes Schwimmen. Und so trieben sie rechts am Felsen vorbei statt auf der linken Seite, so dass sie zu jenem Ufer gespült wurden, von dem soeben Pfeile geschossen worden waren. Nur wenige hundert Meter entfernt hatten von derselben Uferseite gerade noch Gangster mit Gewehren auf sie gezielt.

»Wenn die Indianer uns töten wollten, hätten sie längst auf uns schießen können!«, versuchte Matti, den anderen Mut zuzusprechen. Vergeblich. Er schlug vor, den kurzen, günstigen Moment zu nutzen, an dieser Seite des Flusses an Land zu gehen.

»Aber sie haben auf unsere Retter geschossen!«, warnte Elly. »Wollen die, dass wir ertrinken, oder was?«

»Nein!«, widersprach Matti erneut. »Das muss einen anderen Grund haben. Lasst uns hier an Land gehen. Rüber schaffen wir es nicht mehr. Und weiter auf einen Wasserfall zuzutreiben könnte auch unser Ende sein. Wir müssen aus dem Fluss raus!«

»Und wenn das Kannibalen sind?«, befürchtete Gabriel.

»Dann hätten sie uns längst getötet«, behauptete Matti nochmal.

Nach wie vor war kein einziger Pfeil auf sie abgeschossen worden, obwohl sie das Ufer beinahe erreicht hatten. Matti hatte keinen Zweifel, dass die Indianer noch in unmittelbarer Nähe waren und sie nicht aus den Augen ließen.

Endlich bekamen sie ein paar Schlingpflanzen zu fassen, an denen sie sich festhalten und langsam aus dem

Wasser herausziehen konnten. Als sie wieder halbwegs festen Boden unter den Füßen hatten, schauten sie sich um, obwohl sie wussten, wie wenig Sinn das hatte. Wenn die Indianer nicht gesehen werden wollten, dann sah man sie auch nicht. Anders als die Drogengangster. Denen fehlte nicht nur jegliche Fähigkeit, sich »unsichtbar« zu machen, sie hielten das auch gar nicht für nötig. Die Banditen schienen zu denken, ihre Gewehre würden sie hier in der Wildnis unbesiegbar machen. Aber das war ein großer Trugschluss. Im Dschungel lauerten die Gefahren überall und in unterschiedlichster Form: vom hungrigen Jaguar, der sich gestört fühlen könnte, bis zur kleinen, unscheinbaren Mücke, die Menschen mit Malaria infiziert.

Dennoch stampften die Drogengangster in aller Regel so lärmend und unvorsichtig durch den Urwald, dass man sie nur deshalb nicht mit einer Elefantenherde verwechselte, weil es im brasilianischen Regenwald keine Elefanten gab.

Es beruhigte Mike ein wenig, dass von den Drogengangstern nichts zu sehen oder zu hören war. Dann waren sie mit großer Sicherheit auch nicht in der Nähe. Das wiederum war seltsam, fand Mike. Vor nicht allzu langer Zeit erst waren sie ganz in der Nähe von einer knappen Handvoll Gangster verfolgt und beschossen worden.

Etwas Unheilvolles lag in der Luft.

»Seht ihr etwas?«, fragte Mike in die kleine Runde.

Die anderen verneinten. Erneut hatte Regen eingesetzt, der laut rauschend auf sie niederprasselte und jegliches Geräusch aus dem Dschungel in sich ertränkte. Ihre kargen, durchnässten Kleidungsreste zogen schwer an ihren Körpern. Es gab keinerlei Chance, sie zu trocknen, und für einen Moment überlegte Mike, ob er sie nicht ausziehen sollte. Aber dann hätte er sie in der Hand tragen müssen, was ihm noch umständlicher erschien. Er prüfte, ob sein Messer nach wie vor in der Tasche steckte, und war froh, dass auch sein Survival-Buch noch da war.

Plötzlich schreckte er zurück.

Wie ein Geist erschien mit einem Mal ein Indianerjunge vor ihm. Mike musste zweimal hinschauen, um trotz der Gesichtsbemalung zu erkennen, dass er den Jungen schon einmal gesehen hatte. Er gehörte zu Davis Freunden!

»Hey!«, stieß Mike aus, mehr verwundert als erfreut. Denn noch wusste er nicht so recht, wie er es deuten sollte, hier auf Davis Gruppe zu treffen. Im nächsten Augenblick erschien auch Davi wie aus dem Nichts. Nicht einmal ansatzweise hatte Mike erkennen können, woher die indigenen Jungs kamen: Nicht ein Strauch hatte sich bewegt, kein Geräusch war an sein Ohr gedrungen. Die beiden waren schlicht nicht da gewesen, und in der nächsten Sekunde standen sie vor ihm. Ebenso aus dem Nichts tauchten nun auch die anderen auf. Davi kam, wie immer freundlich lächelnd, auf Mike und seine Freunde zu.

»Davi!«, rief Matti. Vor lauter Verblüffung vergaß er, dass die indigenen Jungs auch das brasilianische Portugiesisch nicht verstanden. Trotzdem fragte er, wo sie herkämen, und weshalb sie auf den Hubschrauber geschossen hatten.

Anstelle der Indianer antwortete Elly. »Erinnerst du dich nicht? Sie waren doch vor dem Flugzeug geflüchtet. Ganz zu Anfang, als wir sie getroffen hatten.«

Auch Mike erinnerte sich an die seltsame Situation. Ein Flugzeug war direkt über sie hinweggeflogen. Aber schon als sie den kleinsten Versuch unternommen hatten, sich bemerkbar zu machen, hatten sich die Indianer auf sie gestürzt, sie in die Büsche gezerrt und sich mit ihnen vor der »Höllenmaschine« versteckt, für die sie das Flugzeug gehalten haben mussten.

»Aber wir haben ihn doch erklärt, dass das Freunde sind«, jammerte Mike. »Freunde und unsere Retter!«

»Vielleicht haben sie es nicht verstanden?«, sagte Gabriel betrübt. »O Mann, das ist schon das zweite Mal, dass die unsere Rettung verhindern.«

Davi und die anderen indigenen Jungs standen immer noch vor ihnen und schauten in aller Ruhe zu, wie die weißen Kinder sich unterhielten, ohne dass sie ein Wort verstanden. Als Davi den Eindruck hatte, dass sich die Kinder nichts mehr zu sagen hatten, bedeutete er ihnen mit einer winkenden Handbewegung, ihm zu folgen, und ging los. Die anderen Jungs folgten ihm schweigend.

»Er will uns etwas zeigen«, vermutete Matti. Auch er setzte sich in Bewegung, um den Indianern zu folgen.

»Warte!« Elly blieb stehen. »Vielleicht kommt der Hubschrauber zurück. Ich meine, die wollten uns retten. Der haut doch jetzt nicht einfach so ab und kommt nicht wieder. Wir sollten hier auf ihn warten!«

»Wie stellst du dir das vor?«, fragte Gabriel. »Selbst wenn er zurückkehrt, können die uns nicht sehen.« Gabriel zeigte hinauf in die dichten Baumkronen, durch die man so gut wie nichts vom Himmel sah. »Wir müssten zurück in den Fluss.«

Elly wusste, was Gabriel meinte: Der Fluss war durch die Regenmassen längst zu einem reißenden Strom geworden. Mit jedem Regenguss würde es schlimmer werden. Sie hatten es nur mit Glück und äußerster Kraftanstrengung bis ans Ufer geschafft. Ihre Kanus waren gekentert und abgetrieben. Ihre Ausrüstung hatten sie verloren bis auf das wenige, das sie am Leib trugen. Ein Zurück gab es nicht. Der Hubschrauber war ihre einzige Chance gewesen. Und diese war nun vertan. Von nun an mussten sie es wieder allein bis in die Zivilisation schaffen. Sie konnten nur hoffen, dass sie nicht mehr allzu weit entfernt war.

Wie es weitergeht, erfährst du im vierten Band der Survival-Serie.
Im Buchhandel erhältlich ab Frühjahr 2019!

D-60596 Frankfurt am Main
ISBN 978-3-7373-4130-1

Ravenstorm –
Eine Insel und ihre dunklen Geheimnisse

Auf der mysteriösen Insel Ravenstorm mit dem alten Schloss weit draußen im Meer gibt es Geheimnisse, die nur die drei Kinder Molly, Jack und Arthur lüften können. Unheimliche Wesen bedrohen die Bewohner der Insel, und die Kinder brauchen all ihren Mut und echte Magie, um sie zu besiegen und die Insel zu retten!

Gillian Philip
Die Geheimnisse von Ravenstorm Island – Die verschwundenen Kinder
224 Seiten, gebunden

Gillian Philip
Die Geheimnisse von Ravenstorm Island – Das Geisterschiff
224 Seiten, gebunden

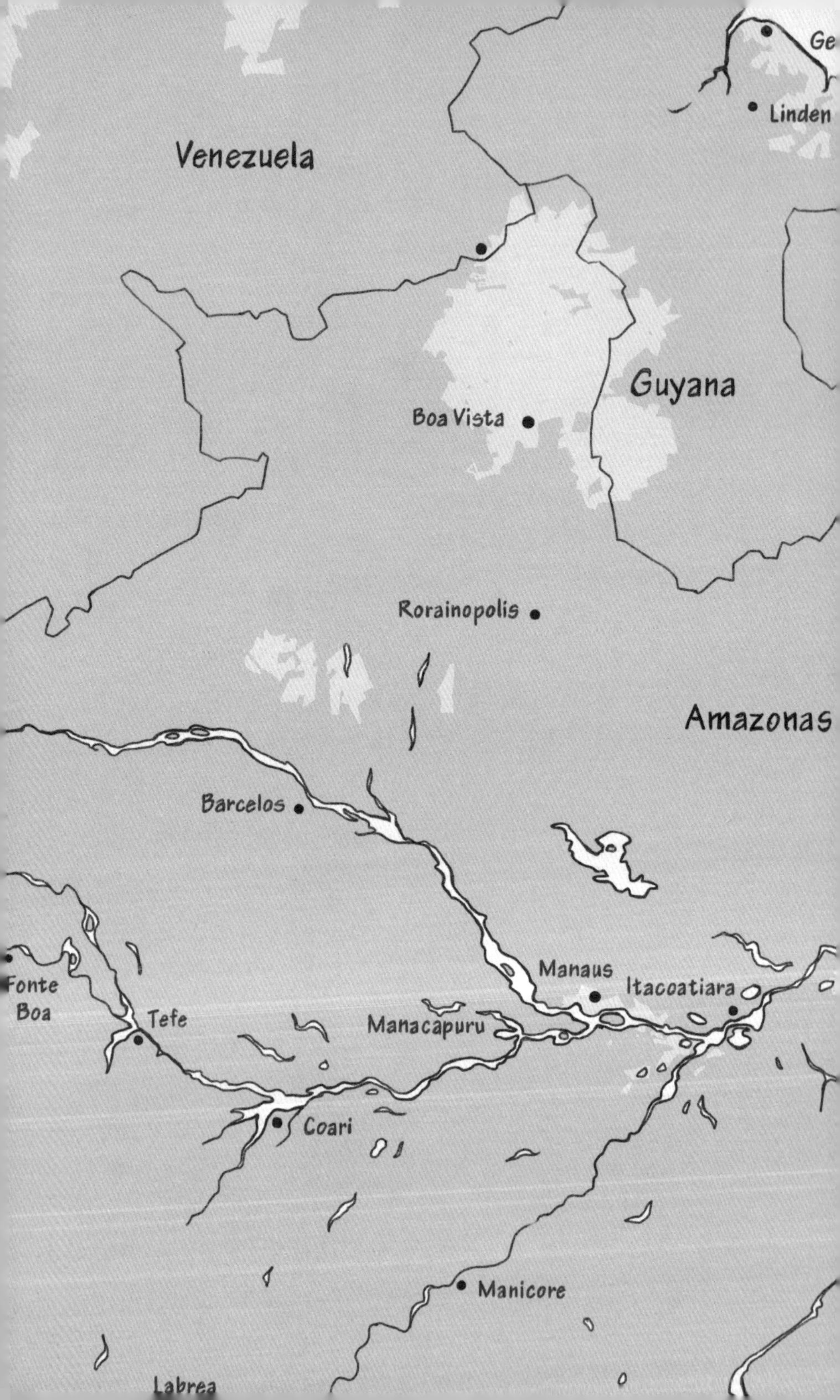
Ge
Linden
Venezuela
Guyana
Boa Vista
Rorainopolis
Amazonas
Barcelos
Manaus
Itacoatiara
Fonte
Boa
Tefe
Manacapuru
Coari
Manicore
Labrea